눈이 녹으면
다시 나타나는 길

설경 김영월 제15집

눈이 녹으면 다시 나타나는 길

2026년 3월 31일   초판 1쇄 인쇄 발행

지은이   김영월
펴낸이   박종래
펴낸곳   도서출판 명성서림

등록번호   301-2014-013
주소   04625 서울시 중구 필동로 6 (2, 3층)
대표전화   02)2277-2800
팩스   02)2277-8945
이메일   msprint8944@naver.com

값 15,000원
ISBN 979-11-7439-110-0

눈이 녹으면 다시 나타나는 길

설경 김영월 제15집

　한 해를 보내고 맞을 때마다 좀더 잘 살아내지 못했다는 후회가 드는 건 어쩔 수 없다. 나이가 가르치는지 이제 그런 마음은 접고 나 자신에게 너그러운 마음을 갖게 되고 '그럭저럭 잘 살았다'라고 자위한다. 전국의 해돋이 명소에서 새해 소망을 기원하기 위해 모여든 인파 속에 끼고 싶지도 않고 다만 지금 여기 살아 있음에 감사드리며 단순하게 살고 싶다.

　이번 수필집은 아포리즘 형식의 짧은 단상을 많이 실었다. 파스칼의 팡세처럼 일상의 삶에서 문득문득 사색의 창을 스쳐 가는 한 줄기 빛을 붙잡고 싶었다. 작은 반딧불이처럼 밤하늘을 날아서 누군가의 가슴에 살포시 내려앉을 수 있다면 다행이라고 여긴다.

제1부

아포리즘 – 나의 팡세

* 팡세 1

제2부

버티는 삶

제3부

청령포, 그 비운의 넋

제1부

아포리즘
- 나의 팡세

팡세 1

이야기의 세계

크리스마스가 다가올 때마다 어린이들은 산타 할아버지의 선물을 기다린다. 굴뚝을 타고 내려온 산타가 어떤 선물을 머리맡에 두고 갈지 공상하며 잠을 설친다. 나중에 철이 들고 얼마 되잖아 산타 할아버지는 거짓말임을 알게 된다. 부모님이 준비한 선물일 뿐 그럴듯한 이야기로 미화시켰다고 실망하는 일은 없었다. 성경에 나오는 많은 이야기가 사실과 다르더라도 그대로 믿는 게 아름다운 신앙일 것이다. 결혼도 하기 전에 아기를 임신한 처녀 마리아라든지 예수님이 물을 포도주로 만든다든지 바다 위를 성큼성큼 걸어 오신다든지 죽은 사람을 살려내신다든지 얼마나 놀랄만한 기적이 수두룩하다.

옛날 우리네 할머니가 들려준 이야기도 황당하지만 그냥

상상력을 불러 일으키고 재미있으면 고만이요, 행복하다. 이 세상 모든 게 증명되고 사실로만 이루어져 있다면 마치 황량한 사막과 같지 않을까. 인간의 마음에 숲이 우거지게 하고 새가 노래하고 냇물이 흐르게 하는 이야기의 마법이 더욱 그리워지는 쓸쓸한 겨울철 세상이다.

살아가는 방식

철학자 베이컨은 사람마다 자신만의 동굴 안으로 새 들어오는 외부의 빛을 전부로 알고 주관적인 견해를 지니는 편견을 이야기했다. 그는 이것을 동굴의 우상이라고 설명한다. 내가 살아가는 삶의 방식이 가장 옳은 것이라 여기는 것도 이런 관점이 아닌듯하다.

찰스 다윈은 그 유명한 진화론을 발표하기까지 얼마나 깊은 학문의 세계에 몰두했을까 싶다. 큰 업적을 이루어낸 그는 오직 지식의 세계에서 갇혀 지낸 것을 후회하기도 했다. 살아가는 동안 시도 읽고 음악도 듣고 그림도 감상하면서 여유있게 살지 못했음을 두고 자신의 삶에 크게 만족을 못 느낀 것 같다.

이성과 감성을 지닌 인간은 어느 한 면만 충족시키며 살아간다면 조화를 잃게 마련이다. 나의 살아가는 방식을 자주 돌아보며 바람직한 삶을 그려 본다.

인간의 잔인성

수락산 탐방로 가는 계곡 길을 따라 장암동 쪽에 석림사라는 절과 함께 노강 서원이 나온다. 노강은 조선 시대 현종 때 벼슬을 지냈고 실학자인 서계 박세당의 아들이다. 그는 24세 때 과거에 장원급제할 정도로 인재였지만 강직한 성품으로 불의를 견디지 못하였다. 결국 숙종 때 인현왕후를 폐하고 장희빈을 왕비로 삼게 된 것에 상소문을 올린 죄로 극심한 고문을 받아 36세 때 비참한 최후를 마쳤다. 왕이 직접 온갖 고문기구를 동원해 얼마나 잔인한 고문을 멈추지 않았는지 진도로 유배가는 도중에 노량진에서 고문 후유증으로 숨을 거두었다. 역사상 여러 사건 중에 영조가 사도세자를 뒤주에 가두어 굶기고 고통 속에 질식사 시킨 것을 보면 어찌 아비로서 자식을 그리할 수 있는지 끔찍할 뿐이다.

인간이 인간에게 죽음보다 더한 극한의 고통을 가하는 고문의 역사는 인류 역사와 함께 했다. 서대문 형무소에 가 보면 일제 시대 유관순 열사를 비롯한 독립운동가들의 울부짖음이

들려 오는 것 같다. 쿠테타를 통한 권력을 얻고자 군사 정권이 5.18 민주항쟁 때의 진압과정에서 선량한 시민들에게 총구를 겨누어 수많은 희생자를 낳았다. 제주 4.3 사건의 무차별 학살도 잔인한 폭력의 역사를 보여 준다. 그래도 인간의 선량함이 악을 물리쳐 이길 수 있다는 믿음을 끝끼지 버리지 않고 우리는 살아가고 있는 것이리라.

시간

미하일 엔데가 쓴 '모모'라는 동화책을 읽어 보면 시간의 의미를 깨닫게 한다. 우리는 흔히 바쁘게 사는 사람들이 입버릇처럼 말하는 걸 듣는다. 어찌나 바쁜지 내 몸이 두 개나 세 개였으면 좋겠노라고.

우리가 욕망을 이루기 위해 쉴 새 없이 앞으로 질주하도록 만드는 것은 회색신사들의 작전에 말려든 때문이라 한다. 동화에 나오는 그들은 우리가 바쁘게 살며 시간을 아끼면 아낄수록 그들의 시간 은행에 저축이 늘어난다. 우리가 마음의 여유를 잃고 푸념할 때 그들은 속으로 웃는다. 쫓기는 삶에서 우리는 결코 행복할 수 없다는 걸 보여 준다. 시간은 가슴으로 느낄 수 있을 때 진정한 시간임을 알게 한다.

인간의 길

요즘 대박을 터뜨린 사극 영화인 왕과 사는 남자를 관람했다. 뻔한 소재지만 국산 영화도 잘만 만들면 얼마든지 천만 관객을 동원할 수 있다는 걸 보여주었다. 무자비한 권력욕에 희생된 어린 왕, 단종이 흘리는 눈물은 아직도 마르지 않고 역사의 한 페이지를 적시고 있다. 영화 도입부에 단종 복위를 꾀하다가 역적모의로 비참한 화를 당하는 사육신의 비명이 들려온다.

세종대의 집현전 학자로 성삼문과 신숙주는 가장 가까운 사이였지만 결국 서로 다른 길을 가고 만다. 신숙주는 세조 편에 서서 영의정까지 올라 부귀영화를 누린 반면 성삼문을 비롯한 사육신은 멸문지화를 당하고 비참한 지경에 이른다. 오늘날까지 신숙주는 변절자라는 낙인이 찍혀 쉽게 상해 버리는 숙주나물이라는 오명을 쓰게 된다.

청령포 유배지에서 왕을 돌보던 영월의 호장인 엄흥도는 죽임을 당해 강물에 버려진 노산군의 시신을 수습한다. 관아의 삼족이 처벌받는다는 엄한 명령에도 두려워하지 않고 몰래 시신을 건져 자신의 선산에 모시게 된다. 의로운 일을 하다가 목숨을 잃는다 해도 결코 두렵지않다는 용감한 선택을 한다.

성경에 나오는 가롯 유다는 제자로 3년 동안 따라다니던 예수를 은30량에 팔아 치운다. 인간의 바른 길과 그릇된 길 사이에서 어떤 선택을 할지 확고한 가치관이 정립되지 않는다면 훗날 준엄한 심판이 기다리고 있는 듯하다.

마음 다스리기

하루에도 몇 번씩 오락가락하는 게 사람의 마음이다. 조선 시대 어느 선비는 자신의 마음을 지키기 위해 책상머리에 칼을 놔두고 경계했다고 한다. 만일 자신의 마음이 달아나려 하면 여지없이 칼로 앞길을 막아섰다고 한다.

여행을 다니는 동안 지금 내 눈 앞에 펼쳐진 아름다운 풍광을 바라보며 감탄해야 하지만 일행 중에는 친구와 잡담을 나누며 아랑곳하지 않는다. 무엇 때문에 비싼 돈과 시간을 들여 여행을 왔는지 한심스럽게 여겨진다. 현재에 집중하지 못하고 지나간 이야기에 마음을 빼앗긴다.

인생과 사물을 깊이 있게 느끼고 심미안을 기르려면 자신의 내면에 충실하는 훈련이 필요하다. 항상 선한 마음과 긍정적 인생관을 갖추려면 절로 되지 않는다. 마음의 평화와 고요를 유지하는 일이 행복과 직결돼 있다. 불안에 빠져들지 않고 하루하루 평안한 삶의 꽃길을 걷고자 한다면 일상에서 꾸준

히 마음을 다스리고 좋지 않은 생각이 나를 지배하지 않도록
훌훌 털어 버리려는 노력이 중요하다.

> 모든 지킬만한 것 중에 더욱 네 마음을 지키라.
> 생명의 근원이 이에서 남이니라. (잠언 4:23)

형제애

반 고흐는 목사인 부친의 뜻에 반해 목회자로 성공하지 못
하고 화가의 길을 걸었다. 신학을 전공하여 전도사 생활까지
했지만 결국 적응하지 못하고 절망에 빠져 있을 때 동생 테오
의 충고가 빛이 되었다.

화랑을 경영하던 테오의 적극적 지지를 받고 그림 작업에
열중했다. 만약 동생의 경제적 지원이 없었더라면 그는 가난
속에 허덕이며 과연 그림을 계속할 수 없었을 것이다. 37세로
사망하기까지 그는 팔리지 않는 그림에 매달려야 했고 오직
동생에게 의지하는 생활이었다. 형제가 나눈 수백통의 편지는
영혼을 함께한 지극한 형제애를 보여 주었다. 형이 죽고 바로
뒤를 이어 죽은 테오. 죽음까지도 함께 한 그들이었다.

고흐가 남긴 어떤 그림보다도 형제애는 명화 한 편으로 오

늘의 우리에게 감동을 주고 있다. 살아가는 동안 영혼을 함께 할 수 있는 진정한 사람을 한 명이라도 가질 수 있다면 얼마나 행복하랴.

양심

사람이 한 세상 사는 동안 언제나 고요한 호수처럼 흔들림 없이 맑게 살아질까. 똥 묻은 개가 재 묻은 개 나무라듯 우리의 연약한 실존을 어찌할 수 없다. 어느 무인도에 표류한 수녀와 군인이 함께 지내다 보니 남녀의 성적 감정을 억제하지 못하는 어느 소설을 읽은 적이 있다. 군인은 수녀에게 '이곳은 외딴 섬이니 당신과 나 밖에 없다오'라고 애원하며 관계를 요구한다. 그러나 수녀는 '당신과 나 사이에 하나님이 보고 계십니다'라고 단호하게 남자의 청을 거절한다. 결국 군인은 뜻을 이루지 못하고 얼마 후 그들은 배로 구조돼 육지에 나와 헤어질 때 서로 밝은 미소를 지으며 제 갈 길을 간다.

성경에 나오는 인상적인 한 장면이 있다. 간음한 여인을 붙잡아 온 사람들이 예수님 앞에 나와 심판받기를 청한다. 유대인들의 율법에 간음죄를 저지른 자는 당연히 돌로 쳐 죽여야 한다는 계명을 적용할 줄 알지만 어찌 처리하는지 그들은 예수님을 시험코자 한다. 예수님은 뜻밖에도 '너희 중에 죄없는 자가 먼저 돌로 치라'고 했다. 모였던 군중은 하나둘씩 자리 뜨고 오로지 여인과 예수님만 남았다. 항상 양심이 떳떳하다고 자부하는 서기관과 바리새인들이 단 한 명도 돌로 여인을 치지 못하고 돌아섰다. 그만큼 그들의 양심이 예민해서인지 모르지만 기적 같은 상황이 벌어진 셈이다.

하얀 겨울의 설경처럼 양심을 지킬 수 없더라도 언제나 때 묻기 쉬운 나의 양심을 죄에 물들지 않도록 경계하며 살아내고 싶다.

긍휼

기독교 신앙에 있어 핵심은 하나님을 사랑하고 이웃을 사랑하라는 가르침이다. 사랑의 구체적 표현은 불쌍히 여긴다는 긍휼矜恤이라는 의미이다. 죽어 마땅한 죄인임에도 우리에게 아무 공로 없어도 하나님이 불쌍히 여겨 용서해 주신다는 것이 얼마나 큰 은혜이랴. 이러한 은혜를 입은 자로서 신앙인은 이웃에 대하여 그들을 불쌍히 여겨 잘 돌봐주라는 것이다.

불쌍히 여기는 마음, 곧 긍휼함이 있다는 것은 공감 능력을 의미한다. 우선 행함으로 나타나기 전 불쌍한 마음이 생겨야 하고 그럴 때 자연스레 돌봄이 일어난다는 것이다. 나는 한 마디로 이러한 가르침을 언제나 예수님의 마음으로 살라는 것으로 받아들이고 실천해야 하지 않나 싶다. 결코 쉽잖은 일이지만.

착한 인성

얼마 전 인간극장이란 티.브이 프로에 폴란드 고아를 입양해 키우는 가정이 소개 됐다. 고아 소녀는 모국에서 우리나라의 선교사를 통해 어린 아이로 여수에 있는 엄마를 만나는 인연을 맺었다. 세 번째 엄마가 된 이분은 요양 병원에서 근무하며 아이를 길러냈기에 병원 직원들의 사랑을 받으며 성장했다. 18세 소녀가 된 주인공은 안타깝게도 신체는 정상이지만 지능 지수가 낮은 발달 장애인이었다. 노랑머리에 오뚝한 콧날의 서구적 얼굴이 한눈에 봐도 외국인이란 걸 숨길 수 없다. 해맑은 미소와 밝은 표정, 조용한 성품이 양부모의 교육을 잘 받아 주위 분들의 칭찬을 받았다. 장애인 학교에 입학하여 마라톤 대회에 출전하여 금메달을 따기도 했다. 사춘기이지만 양부모에게 반항하는 기색 없이 고분고분하고 착한 성품을 지닌 듯했다.

요즘 청소년들이 바르게 성장하지 못하고 게임에 빠지거나

성 문란 행위, 심지어 마약까지 흡입하는 사례가 있어 사회문제를 일으키는 현실이다. 착한 인성을 지니고 살아가는 일이 우리 사회를 밝고 아름답게 이끌어 나가는 데 얼마나 중요한 요소인지 모른다. 그럼에도 악한 사람들이 많은 세상을 바라보며 너무나 안타깝고 우울한 마음이 아닐 수 없다. 결국 어둠이 빛을 이기지 못한다는 믿음이 우리를 견디게 한다.

완벽주의

세상을 살아가는 동안 매사에 빈틈없이 정확을 기한다면 결코 실수 하거나 낭패당하지 않고 성공적인 인생이 될 수 있을 것이다. 주변에서 네모반듯하게 항상 모범적으로 살아가는 분을 보면 참으로 대단한 것 같다. 하지만 그만큼 긴장하고 스트레스도 많이 받지 않으랴. 나 같은 경우는 그런 치밀한 성품이 아닌 탓에 가끔 숨 막히는 기분을 느낀다.

구름이 만들어질 때 단순히 순도 100%의 물방울로 이루어질 수 없다고 한다. 거기엔 먼지나 티끌, 그을음 같은 약간의 불순물이 함께 해야 비로소 구름이 뭉쳐진다고 한다. 우리의 삶도 연약함과 실수, 엉성함이라는 불순물이 섞여질 때 더욱 단단해질 수 있을 것이다.

승자독식

동물의 세계에서 알프스에 사는 독수리가 새끼를 양육하는 방법을 티.브이에서 보았다. 어미 독수리는 두 마리의 새끼를 낳아 기르는 중이었다. 첫째는 동생인 둘째를 무척 괴롭힌다. 먹이도 독차지하려 들고 기회만 나면 동생을 날카로운 부리로 사정없이 쪼아댄다. 잘 얻어먹지도 못하고 비실비실한 동생은 찬밥 신세로 한쪽 구석에 앉아 어찌할 줄 모른다. 이런데도 어미는 아무런 조치도 없이 그냥 방관할 따름이다. 결국 첫째는 무난히 성장하겠지만 둘째는 그럴 가능성이 전혀 없어 보인다. 동물의 세계는 치열한 생존경쟁이고 승자독식의 법칙대로 돌아갈 뿐 잔인하게 여겨진다면 그것은 인간의 기준일 따름이다.

인간 사회는 사랑과 자비, 긍휼이라는 가치가 작동한다. 그렇지 않다면 비난의 대상이 된다. 한데 아직도 동물과 같은 승자독식의 어두운 그림자가 우리를 우울하게 한다.

우울증

심신이 건강하게 병행한다는 것이 얼마나 중요한지, 그리고 감사한 일인지 생각게 한다. 요즘 대전의 어느 초등학교에서 여교사가 일 학년 학생을 칼로 찔러 죽게 한 비극적 사건이 가슴을 아프게 한다. 그 교사는 우울증을 앓다가 복직한 지 얼마 안 된 분이라고 한다.

최근 통계에 따르면 교사들의 심리검사 결과에 우울증을 지닌 분들이 다수라고 한다. 비교적 조용한 직장인 학교가 이러한데 일반 사회는 말할 것도 없는 듯하다. 복잡한 현대 사회는 정신적 문제를 가진 사람들을 양산한다고 할까. 뉴스에 오르내리는 끔찍한 사고들이 결국 범인의 우울증에 기인하는 경우로 판명된다.

고도의 문명사회로 나아갈수록 마음의 평화와 고요를 유지하기 힘든 오늘의 현실이 인간의 행복에 무슨 의미가 있을까.

일과 인생

미국의 모지스 할머니 (1860-1961)는 주어진 삶을 쉴새 없이 일하며 달려간 분이다. 오직 현재와 미래에만 집중하여 101세까지 금메달 인생을 마감했다. 가난한 집안에 태어나 겨우 초등학교를 마치고 12세 때 남의 집에 식모살이를 떠났다. 그곳에서 함께 일하던 일꾼을 만나 결혼하여 가정을 이룬다.

부부는 10남매를 얻어 반은 죽고 반만 잘 키워내 출가를 시켰다. 그녀는 억척스레 일하며 살림을 일구어냈다. 감자 칩을 솜씨있게 만들어 식료품 가게에 납품하기도 하며 창의적으로 돈벌이에도 수완을 발휘했다. 76세에도 무료함을 못 참는 어머니께 딸은 소일거리로 그림을 그리게 했는데 적극성을 발휘하여 중도에 그만두지 않았다. 매주 작품 한 점을 그려낼 만큼 열심히 노력하여 101세로 돌아가실 때까지 1,600여 점의 작품을 완성했다. 그림에 대한 특별한 교육도 받지 않았고 배운 적도 없는 분이 자연과 사람을 소재로 추억 속의 삶을 세밀하게 묘사했다. 그림 수집가에게 우연히 눈에 띄어 전시회도 열고 유명해져 대통령으로부터 백악관에 초대받는 영광도 누렸다.

그녀의 인생관은 언제나 낙천적, 긍정적 자세로 삶을 즐기며 행복을 찾고자 했다. 잠시도 일을 떠나지 않고 성실한 삶을 일구어냈다. 자식이 먼저 죽으면 땅에 묻지 않고 가슴에 묻는다고 하지만 그녀는 훌훌 털어 버렸다. 사람은 태어나는 순간부터 죽을 운명이라고 여길 뿐 잇따른 자식들의 죽음 앞에도 담담하게 놀라운 평정심을 회복했다.

건강이 허락하는 한 일이 주는 긍정적 효과를 누리며 참된 인생의 의미와 가치, 행복한 삶을 추구하고 싶다.

다윗과 요나단

성경에 나오는 인물중 다윗왕과 요나단의 우정이 현실에서 과연 가능할까 싶다. 요나단은 분명히 부왕 사울에 이어 왕좌에 오르는 일은 너무나 당연했다. 그럼에도 자신의 부족함을 느끼고 혜성처럼 나타난 다윗이란 목동에게 스스로 왕좌를 양보했고 2인자로 물러났다.

인간의 여러 욕망 중 명예욕이나 권력욕은 집요하기 때문에 이를 둘러싼 투쟁은 역사를 통해 다반사처럼 펼쳐진다. 사회생활을 하다 보면 누구나 자신의 존재가치를 드러내기 위해 나섬증 환자처럼 행동하는 걸 볼 수 있다.

에밀리 디킨슨은 유명인이 되면 여름 내내 연못에서 개골개골 울어대는 개구리들처럼 피곤하고 시끄러울테니 차라리 무명인으로 사는 게 얼마나 다행이냐고 그의 시에서 노래했다. 최고의 자리를 양보하고 그냥 2인자로 물러나는 삶이 경우에 따라 바람직할 수도 있지만 그러한 마음 다스리기가 결코 쉬운 일이 아닌 듯하다.

자아실현

트리나 폴러스가 지은 '꽃들에게 희망을'이란 책은 동화 같지만 깊은 울림으로 다가온다. 호랑나비 애벌레는 태어나서 나뭇잎이나 풀잎을 찾아다니며 오로지 먹고 성장하는 일에만 열중한다. 어느 날 많은 애벌레들이 기둥나무 꼭대기에 오르기 위해 너도 나도 모여드는 걸 보고 자신도 거기에 참여한다. 애벌레들이 서로 밀치며 밟고 악착같이 오르는 꼭대기엔 결국 아무 것도 없다는 걸 뒤늦게 깨닫는다. 호랑나비 애벌레는 친구였던 노랑나비의 권유를 받고 나뭇가지에 고치를 만들어 마침내 나비로 변신한다.

사람들의 삶도 애벌레들처럼 오로지 욕망의 탑을 향해 오르고 오르지만 결국 허무한 삶의 끝에 이른다. 뭔가 자신의 내부 속에 주어진 나비라는 자아실현을 포기한 채 비참한 삶에 머물고 만다. 내게 주어진 삶의 소중한 가치를 깨닫고 고치 안에 자신을 가두고 아픔을 견디려 하지 않는다. 삶의 진정한 의미를 추구하려 들지 않고 인생을 덧없이 끝내고 만다면 얼마나 안타까운 일이 아닐 수 없다.

부모가 된다는 것

남녀가 만나 한 가정을 이루고 자식이 태어나면 부모라는 의무와 책임이 따른다. 자녀가 독립할 때까지 사랑으로 잘 보살피고 최선을 다해야 한다. 그럼에도 철없는 부모가 사회 문제를 일으키는 걸 보면 걱정이 된다. 젊은 부모가 방안에 아이를 눕혀 놓고 외출하여 P.C방에서 시간을 보내다가 집에 돌아와 보니 아이가 심정지 상태라고 뉴스에 나온다. 얼마 전에 인기 프로인 김창옥 쇼를 보면 어느 30대 형제가 출연했다. 엄마가 어렸을 때 그들을 버리고 집을 나가 버려 아빠가 맡아서 키워냈다. 암 투병 중에도 아이들을 시설에 보내지 않고 끝까지 보살펴 이제 성인으로 홀로서기까지 이르렀다. 형은 결혼을 앞두고 엄마에게 알리고 우리 형제가 의젓하게 자라난 모습을 보여 주고 싶단다. 그런데도 동생은 반대다. 엄마가 우리들을 버리고 떠난 후 한 번도 연락하지 않았고 엄마에 대한 기억도 가물가물할 뿐 전혀 정을 못 느낀단다.

나는 가끔 벽에 걸린 가족사진을 쳐다보며 하늘 나라에 계신 어머님께 감사하는 마음을 갖는다. 6.25 전쟁통에 그토록 궁핍한 생활을 꾸려 나가면서 8남매를 키워내느라 얼마나 힘들고 고생이 많았을까 싶다. 물론 옛날 부모들은 당연히 그래해야 하는 줄 알고 모성애를 지키며 포기하지 않았다. 부모의

헌신적인 희생이 없었다면 지금의 나의 삶은 불가능했을 것이다. 어느새 당시의 부모님 연세에 다가가는 인생 여정에서 다시 한번 크신 은혜를 되새겨 본다.

메멘토 모리

자연사를 포함하여 사건사고로 죽어가는 사람들이 의외로 많다는 사실을 우리는 실감하지 못한다. 전쟁이나 천재지변으로 사망한 숫자는 잘 나타나지만 일상에서 벌어지는 죽음의 행렬은 무심하기 마련인 듯하다.

사람이 죽으면 시체를 닦아내고 수의를 입히고 입관하는 절차를 직업으로 가진 청년 형제가 최근 티. 브이 프로에서 밝힌 내용이 숙연하게 한다. 그들은 24시간 비상대기조로 근무하며 고단한 영안실의 삶을 고백한다. 언제나 시체를 대하는 일을 하니 자신의 존재 자체가 허무하게 여겨질 때가 있고 우울증도 찾아온다고 한다.

나도 청년 시절에 종합병원에서 원무과 직원으로 근무한 적이 있다. 퇴근할 무렵이면 병원 복도나 입원실에서 환자들을 가까이 하며 생활하다 보니 소독약 같은 병원 냄새가 옷에 배어 들어 버스를 탈 때면 옆 사람의 눈치가 보였다. 날마다 환자들이 링게르 병을 주렁주렁 달고 괴로운 표정으로 신음하는 모습을 보고 지내는 병원 환경이 싫어졌다. 어서 건강한 사람들의 틈에서 근무하고 싶다는 염원으로 직장을 옮기는데 마침내 성공하니 막혔던 숨이 트이는 기분이었다.

항상 죽음을 의식하며 살 수는 없지만 나라는 존재는 반드시 이 세상에서 없어진다는 생각을 지니고 산다면 현재의 삶에 더 충실하고 감사하며 살 수 있지 않을까 싶다.

5분 후

영국행 인도 여객기가 이륙한지 5분 만에 도시 거주지역으로 추락했다는 뉴스가 전해진다. 탑승객이 승무원 포함하여 242명으로 전원 숨을 거둔 것으로 알려지고 있다. 하필이면 추락 장소가 인도 의대생 기숙사 시설인 탓에 의대생들도 다수 죽고 인근 주민들도 피해가 크다고 한다.

비행기에 설레는 맘으로 탑승했을 때 그들은 5분 후에 이런 사고가 기다리고 있을 줄 꿈에도 몰랐으리라. 너무나 믿기지 않고 허무한 그들의 갑작스런 죽음 앞에 어떤 위로를 할 수 있을까. 문명의 발달로 우리들의 삶은 편안하고 행복하게 여겨졌지만 반면에 얼마나 많은 위험이 도사리고 있는 줄 모른다.

차량으로 인한 교통사고나 여객선 침몰도 무섭지만 항공기의 사고는 시체 수습도 어렵고 정말로 끔찍한 결과를 보여 준다.

다시 한번 오늘 하루를 무사히 보내며 살아가는 일상이 당연한 게 아니고 하나님의 은혜임을 깨닫지 않을 수 없다.

자유로운 삶

동네 산책길의 한쪽 구석에 개짖는 소리가 요란했다. 어찌나 사납게 컹컹거리며 상자 같은 좁은 개집의 철조망을 올라탄 채 어서 이곳에서 탈출하게 해달라는 하소연인듯했다. 참으로 안타깝지만 그냥 지나칠 수밖에 없었다. 사람도 교도소에 갇혀 있으면 얼마나 답답할까 싶었다. 전국 교도소에 수많은 수인囚人들이 자신의 죗값을 치루며 고통스런 나날을 보내고 있을 것이다. 짧은 생애를 거치는 동안 여러 불법행위로 소중한 시간을 낭비하는 처지를 철창안에서 그들은 후회하지 않으랴.

똑같은 한반도에서 북한 주민은 독재정권을 만나 긴 세월 동안 억압 속에 지내고 있다. 자신의 모든 삶이 감시 통제되는 숨막히는 나날이 원망스럽기만 할 것이다. 지구촌의 못된 독재자들이 휘두르는 권력 때문에 인간다운 삶을 빼앗긴 채 신음하고 있다.

직장이나 조직생활의 규율에서 벗어나 노년에 이르는 지금까지 생활하는 동안 자유인으로 살아가는 삶이 바로 행복이었다. 경제적 여유가 부족함이 약간 부자유스럽다해도 자족하며 살아가고 무엇보다 유유자적하는 삶이 가치있게 여겨진다.

정암과 화담

정암 조광조와 화담 서경덕은 모두 조선 중종(11대)시대 유학자이다. 두 인물을 비교해 봤을 때 정암은 개혁의 아이콘으로 도학정치를 실현코자 너무 서둘렀다. 그는 점진적 개혁으로 나아가지 못 하고 너무 급진적으로 개혁을 달성코자 하는 탓에 훈구파의 강한 반발에 부딪혔다. 중종도 자신의 입장을 고려하지 못하는 그에게 너무 피로감을 느꼈다. 결국 혈기왕성하게 한참 일할 나이인 37세로 귀양을 가게 됐고 왕이 내린 사약을 마시고 죽임을 당한 비극적 기묘사화의 주인공이 되고 말았다.

반면에 같은 시대의 화담은 스승도 없이 성리학을 혼자 깨우쳐 오로지 자연과 책을 벗하여 독자적 학문체계를 이루어냈다. 격물치지格物致知라는 개념으로 대표되는 그의 사상은

'먼저 사물의 이치를 파악(격물)하고 앎에 이른다(치지)'는 것
으로 철학적 인식론이었다. 실력이 훌륭하지만 결코 어지러운
정계에 나아가지 않고 초야에 묻혀 고고하게 학문을 즐기며
교육으로 자신의 생애를 일관했다. 당대 유명한 기생인 황진
이의 유혹에도 넘어가지 않고 오히려 그녀를 감화시켜 자신의
제자로 삼을 만큼 고매한 인격의 소유자였다.

이상주의자인 정암보다 진리가 무엇인가를 추구하여 평생
흔들림없이 학문의 길을 개척한 화담 선생이 오늘의 어지러운
세상에 더욱 그리워진다.

생태계

숲속 오솔길을 가는 중에 고라니 한 마리가 사체로 버려져
있다. 죽은지 꽤 오래됐는지 머리와 발 부분만 남아 있고 몸
통은 거의 다른 짐승의 먹이가 됐는지 뱃속은 휑한 상태다. 어
디서 날라 왔는지 파리떼들이 새카맣게 눌러 붙어 잔치를 벌
리고 있다. 어린 고라니의 죽음은 안타깝지만 다른 생명체들
에게 영양을 공급하고 배를 부르게 한다.

사람도 죽으면 화장터에서 한 줌의 연기로 사라지지만 매
장이 됐을 때 무수한 구더기의 밥이 될 것이다. 내가 건강을

살피며 아끼던 소중한 몸도 시체가 되면 아무 것도 아닌 셈이다. 그냥 흙밥이 되고 마는 존재일 뿐이다.

손에 아무런 도구도 없어 불쌍한 고라니를 묻어 주지도 못하고 파리 떼에게 맡긴 것이 마음에 걸린다. 먹고 먹히는 자연의 순리에 동의는 하지만 그것이 때론 잔인하다고 할까.

철들고 싶지 않다

내가 즐겨보는 티.브이 프로 중 하나는 '세계테마기행'이다. 젊은 날에 문단활동을 할 때 세계 문학기행은 무리를 해서라도 열심히 참석했다. 그런 탓에 다녀온 나라는 다시 추억에 잠기고 그렇지 못한 나라는 간접체험의 재미에 빠진다.

프랑스와 스페인의 경계를 이루는 피레네 산맥에 자리한 산골 마을의 이야기가 나왔다. 이곳의 맘씨 좋은 촌장이 촬영팀을 반기며 마을의 구석구석을 소개하며 역사도 알려주고 지루할 정도로 자세히 설명한다. 촌장은 지칠 줄 모르고 끝까지 가이드 역할을 마치고 자신의 집으로 안내하여 숙박할 수 있도록 도와준다. 결혼한 지 33년째 된다는 노부인은 남편을 이렇게 소개했다.

저분은 철들고 싶지 않데요. 그래야 순수함을 잃지 않고 동심으로 살며 밝고 젊게 살아갈 수 있대요.

남편은 해맑은 웃음을 띠우며 한마디 한다. 산다는 것은 정말 선물이지요.

피레네 산골 마을의 아저씨는 바로 내가 닮고 싶은 모습이었다. 어른이 돼도 그냥 철들지 않고 순수한 사람, 언제나 호기심이 넘치는 사람으로 남고 싶다.

아무 일도 일어나지 않는다

프리츠 오르트만이 쓴 소설, '철학자와 일곱곡의 모차르트 변주곡'에서 화가는 철학자에게 말한다. 자신이 담을 뛰어넘어 소녀를 만나지 않았으면 그 애의 언니를 만나 사랑에 빠져 보지도 못했을 것이고 다리 위에서 강물에 뛰어내려 자살하려 할 때 바이올린을 켜는 거지를 만나지 않았으면 나는 이미 끝났을 것이라고.

흐린 날씨에도 북한강변에 있는 물의 정원을 찾아가기 위해 전철 승강장에서 차를 기다리고 있었다. 누군가 나를 알아본 사람이 반갑게 손짓을 한다. 뜻밖에도 전원주택에 살고 있는 같은 교회의 오래된 친구 부부가 아닌가. 좀처럼 평일에 이런 장소와 시각에 만나기 힘든 일이 아닐 수 없다. 그들은 시내 볼일로 나왔다가 집으로 돌아가는 길에 나와 마주친 것이었다. 약 30분 동안 동승하면서 내가 먼저 전철역에서 내릴 때까지 서로 대화를 나누었다.

원수는 외나무다리에서 만난다는 말이 생각난다. 그런 인연 말고 아주 반가운 사람을 우연히 만나는 일이란 로또복권 당첨 확률만큼은 아니더라도 어려운 게 확실하다. 아무튼 방 안에 가만히 앉아 있고 돌아다니지 않으면 아무 일도 일어나지 않을 것이다. 어떤 행운의 기회는 절로 나를 찾아오지 않는다. 그만큼 움직이고 바쁘게 살아갈 때 선물처럼 다가온다. 다만 누구를 만나든 피하고 싶은 사람이 아니라 반가운 사람이 될 수 있도록 항상 대인관계를 잘 관리해야 하리라.

불화

최근에 전해진 충격적인 뉴스가 너무나 가슴을 아프게 한다. 내가 사는 지역과 가까운 쌍문동에 사는 60대 남성이 30대 아들을 총으로 쏘아 죽였다. 그것도 자신의 생일 잔치를 챙겨드린다고 초대한 아들 가족의 집에서 며느리와 손자들이 지켜보는 가운데 피를 흘리게 했다. 자신이 사는 아파트엔 타이머 폭탄을 장치해 이웃까지 죽이려 했다. 다행히 그가 빨리 체

포되어 이런 사실을 고백했기에 경찰이 급히 달려가 폭발물을 제거했다고 한다. 범행동기는 아직 밝혀지지 않았지만 그가 20년 전에 부인과 이혼하고 여태 혼자 살며 이웃과의 교류도 없었다고 한다. 어찌 보면 정상적인 삶을 살아가는 평범한 인물은 결코 아닌 듯싶다.

자식이 부모를 살해하는 존속살인은 가끔 일어났지만 이처럼 부모가 자식을 죽이는 일은 정말 드문 사례이다. 동물도 목숨 걸고 제 자식을 지키고 사랑하는데 하물며 사람의 탈을 쓰고 그런 악행을 저지를 수 있을까 싶다. 차라리 이 세상에 태어나지 말았어야 할 흉측한 악마의 모습이 아니랴.

톨스토이는 사람은 무엇으로 사는가의 소설에서 인간의 가슴에 심어진 사랑을 이야기했다. 부모자식이나 이웃간에 서로 사랑하지 못하고 증오의 감정에 사로잡힐 때 비극적 불행 속에 빠져들게 한다. 다시 한번 성경에 나타난 최고의 가르침인 원수까지 사랑하라는 진리를 되새기게 한다.

팡세 2

아프리카의 내음

세계 많은 나라들 중 국가별 차이는 있지만 아직도 소득수준이 형편없는 가난함 속에서 순수함을 잃지 않고 살고 있는 아프리카 대륙. 내가 오래전에 다녀온 동부 케냐도 생각나지만 세계 테마기행에 나오는 서부 지역 세네갈에서 독특한 아프리카 여인들의 내음이 풍긴다. 문명의 혜택과 동떨어진 채 어느 별나라 사람들처럼 살아가는 원시의 바람이 느껴진다.

그들의 삶의 방식은 물질적 결핍에도 불구하고 항상 밝고 명랑한 성품이 묻어난다. 유난히 까만 피부에 허연 이, 굵고 큰 눈동자를 굴리며 웃음이 함박꽃 같다. 무슨 통나무 같은 고유의 악기를 연주하며 동네 아줌마들이 함께 모여 엉덩이를 들썩거리며 춤 동작을 펼친다. 무슨 형식도 느껴지지 않고 그들은 자연발생적으로 몸을 흔들며 본능적 리듬과 열정에 몸을 맡긴다. 맨발로 흙을 밟으며 원시부족처럼 생명의 가락을 뿜어낸다. 주렁주렁 매달린 아이들도 엄마 곁에서 덩실덩실 춤에 빠진다.

그들이 느끼는 행복지수가 오히려 풍족한 삶을 누리면서도 항상 불평불만에 젖어 있는 우리들의 삶보다 훨씬 높아 보인다. 주어진 환경에 순응하며 욕심 없이 살아가는 그들의 순박한 성품이 부러울 뿐이다.

맛집

내가 사는 동네 근처에 유명한 맛집이 있다. 대로변에 자리한 빌딩도 아니고 아주 교통이 불편한 도시 변두리 쪽에 초라한 음식점이다. 그런데도 이 곳에서 식사를 하려면 적어도 한 시간 이상 번호표를 받고 대기할 것을 각오해야 한다. 식사가 끝나기 무섭게 다음 손님들이 꾸역꾸역 모여든다. 여기 음식점 메뉴는 평범한 쭈꾸미 볶음밥인데 식사 전에 서비스로 나오는 먹거리가 서너가지 나와 입맛을 돋우어 준다. 그리고 쭈꾸미가 질이 좋아 씹는 맛이 말랑말랑하여 식감이 좋은 편이다.

겨우 고생 끝에 식사를 마치고 나오는데 대기실에서 어떤 할머니 한 분이 기다림에 허기가 심해졌는지 그만 쓰러져 아들이 할머니를 들쳐 업고 황급히 빠져나간다. 모처럼 효도를 하겠다고 할머니와 외식을 나온 가족이 응급실로 향하게 했다. 요즘 대부분의 사람들은 소문난 맛집을 순례한다. 그것이 잘못됐다고 탓할 수도 없다.

보릿고개 시절을 거쳐온 나는 초등학교 시절부터 일기장에 너무 배가 고픈 설움을 '제발 위 주머니에서 해방되고 싶다'고 적었다. 인간은 동물적 측면에서 '먹어야 산다'는 건 엄숙한 현실이 아닐 수 없다. '금강산도 식후경'이라는 말이 괜히 나온 것이 아닌 듯하다. 인간은 고상한 존재이기 전에 육체적 본능을 추구하는 이중성을 실감한다. 전쟁으로 피폐해진 중동지역의 가자지구에 굶주림으로 죽어가는 아이들의 얼굴이 오버랩 된다.

지혜

한 세상을 살아가는 동안 어떻게 살아야 할 것인가에 대한 문제의식 없이 살아간다면 자칫 불행 속에 빠져 후회하게 될 것이다. 항상 자신의 현재를 점검하고 내가 제대로 된 길을 걷고 있는지 살펴볼 일이다.

지혜는 옳고 그름을 분별해 주는 능력이다. 4천여 년 전에 솔로몬은 지혜의 왕이라는 명성을 얻었다. 그는 먼저 상대방의 말을 잘 듣는 마음이 중요함을 알려주고 자신의 말은 뒤로 미루라고 했다. 어떤 잘못을 저질렀을 때 하나님으로부터 경고의 목소리를 들을 줄 알아야 하고 다윗처럼 곧바로 회개하는 것이 지혜임을 알려준다. 가장 어리석은 태도는 자신의 잘못을 반성할 줄 모르는 일이 아니랴.

우리가 추구하는 권력과 재물, 명예도 한순간일 뿐 무상함을 알지 못한다면 결코 지혜 있는 자가 될 수 없다. 나는 작곡자의 악보에 비유하면 마지막 4악장에 와 있다. 어떻게 유한한 삶을 잘 마무리할 것인지 지혜로운 여생을 마칠 수 있을지 하루하루를 조심조심 내딛고 있다.

사명

수원 화성에 가면 조선 왕조 정조 대왕의 원대한 계획 앞에 놀라게 한다. 그는 기득권에 빠져 한 발짝도 나아갈 수 없는 당쟁이 심한 조정을 떠나 수도 한양이 아닌 새로운 도시를 꿈꾼다. 그러나 눈앞으로 다가온 완성 단계의 신도시를 보지 못하고 무슨 이유인지 48세(1800년)에 갑자기 세상을 떠나고 만다.

정조는 아버지인 사도세자가 뒤주에 갇혀 8일 만에 비참하게 죽어가는 모습을 어린 시절에 지켜봐야 했다. 그래서 더욱 위대한 군왕으로 성장코자 스스로를 담금질 했을 것이다. 어머니인 혜경궁 홍씨도 남편의 처참한 죽음을 바라보며 '한중록'이란 책을 남겼다. 수원시 박물관의 해설사 설명에 따르면 사도세자가 그럼에도 남긴 업적이 있다면 자신의 후손이 22대 정조 이후로 조선조 마지막 왕인 27대 순종까지 계속 이어졌다.비록 자신이 왕위에 오르지 못했지만 사도세자라는 비극적 운명 속에서도 일정한 역할이 유지되는 사명을 이루어냈다는 진실이 어쩌면 하늘의 섭리처럼 여겨진다.

이 세상 누구에게도 각자의 몫으로 주어진 크고 작은 사명이 반드시 있다는 걸 깨닫게 한다.

나의 정체성

사람이 살아갈 때 앞만 보고 달려 나가다 보면 잘못하여 넘어질 수 있다. 가끔 제자리에 멈춰서서 '나는 누구인가?'하는 질문을 스스로에게 던져야 한다. 그러면 비로소 내가 중심을 잡고 나아가야 할 방향에 이르게 된다.

신앙인으로서 세상 속에서 살아갈 때 그들과 똑같이 생각하고 행동한다면 아무런 차이가 없다. 예수님을 믿는 기독교인으로 빛과 소금의 역할을 다하도록 노력하지 않는다면 무슨 의미가 있을까. 그들과 똑같이 이해타산에 밝고 손해는 조금도 보려 하지 않고 양보하지 않는 태도는 성도聖徒라는 호칭이 무색해질 것이다. 오히려 그들의 비웃음의 대상이 아니랴.

여행할 때마다 임시 숙소를 정하고 이제 떠나야 할 시간이 온다. 정해진 날짜나 기간 외엔 더는 숙소에서 머무르지 못한다. 아무리 서운해도 발길을 돌려야 한다. 이와 마찬가지로 이 세상은 잠시 머물렀다 거쳐 가는 호텔인지도 모른다. 내가 돌아가야 할 곳은 나의 영원한 집, 본향인 하늘나라일 뿐이다. 언제나 나그네 의식을 갖고 산다면 내 삶의 목표를 확실히 깨닫게 된다.

나는 금방 사라질 아침 안개와 같은 존재로 여기고 정체성을 확고히 한다면 존 번연이 쓴 천로역정을 무사히 마칠 수 있을 것이다. 항상 내게 질문을 던져야 한다.

나는 누구인가?

가지 않은 길

로버트 프로스트의 유명한 시인 '가지 않은 길'에 대한 여운이 가슴을 스친다. 이미 인생 막바지에 이르러 뒤돌아보면 더욱 그렇다. 내가 젊은 날에 가고 싶었던 길을 가지 못해 나는 지금 한숨 쉬고 있는 것일까.

고교 시절에 이과를 선택하여 약학대학에 진학하지 못한 일이나 서울대 독문과에 합격하지 못한 일이 생각난다. 직업 선택도 판검사나 교사에 미련이 있고 결혼과 비혼 사이의 선택이 그러한 듯하다. 문학의 길에도 소설가가 되지 못하고 시와 수필로 문단에 데뷔한 일도 다른 길이 아니었나. 이 시점에서 되돌아갈 수 없는 다른 한쪽 길을 생각해 본들 아무런 의미가 없다. 지금 내가 끝까지 걸어 온 이 길만이 소중할 뿐이다.

당시에 내가 두 갈래 길에서 가지 못한 다른 길을 선택했더라도 현재의 내게 만족스런 답이 주어졌을까. 결코 아닌 것 같고 그러기를 바란다. 지금 내가 머물고 있는 이 길이 그래도 다행스럽고 하나님의 크신 은혜임을 깨닫고 싶다.

이상과 현실

KBS 세계 테마기행 프로에서 이탈리아의 알프스 산맥 아래 시골 마을이 나온다. 몽블랑의 설산 봉우리가 넋을 잃게 하고 양떼가 한가롭게 풀을 뜯는다. 목가적이고 아름다운 마

을에서 목장을 경영하는 노부부의 일상이 소개된다. 그들은
아침 일찍부터 밤늦게까지 우리에 갇힌 양들에게 때맞춰 시료
를 주고 젖을 짜고 치즈를 만드느라 무척 바쁘게 움직인다.

아주머니는 방문객에게 불평을 늘어놓는다. 우리는 주말에
도 쉴 틈이 없고 성탄절 연휴도 즐길 수 없어요. 아저씨가 방
문객과 이야기를 나누며 와인 한 잔씩 나누며 잠깐 짬을 낸
시간이 못마땅한지 아주머니가 일하다 말고 쫓아 들어와 아저
씨를 채근한다. 빨리 와서 거들어 주지 않고 뭐해요. 당장 따
라와요. 아저씨는 꼼짝없이 미안한 표정으로 자릴 뜬다.

멀리서 보면 아름다운 풍경 속 그림 같은 시골 마을에 바쁜
일상이 이해가 안 가지만 도시에서 쫓기는 삶처럼 산골 오지
의 삶도 나름대로 바쁘게 흘러간다. 산다는 것은 지구촌 어디
나 거의 비슷비슷할 뿐이다.

행복

아무리 재물이 많고 무엇 하나 부족함이 없다 한들 그것을
제대로 누리지 못하면 결코 행복할 수 없게 된다. 적게 가진
자도 주어진 여건에 만족하고 누리며 살면 행복해질 수 있다.
만족滿足이란 한자는 물을 채우되 발목까지만 차도 만족하라

는 것이다. 물이 목까지 차오르면 위험해질 뿐 결코 만족이 아니다.

자족自足이 곧 행복에 이르는 길이지만 인간의 욕심은 언제나 장애물로 작용한다.

너그러움

운전하다 보면 항상 신경이 예민해진다. 뒷차가 바짝 따라오거나 심지어 빵빵거리거나 헤드라이트 불빛을 번쩍이면 더욱 그렇다. 내가 조금 천천히 운전하거나 끼어들기를 잘못하면 보복 운전이라도 하듯 일부러 내 차에 달라붙어 위협을 하기도 한다. 특히 젊은이들의 고약한 성격은 가끔 무섭게 느껴진다. 양보운전을 하는 게 사고예방을 위한 최선의 방어운전이지만 현실은 그렇지 못한 것 같다. 운전대를 잡고 있으면 모두가 점잖음은 사라지고 조급함만 남아 있는 것 같다.

너그러움은 운전뿐만 아니라 일상생활에서도 중요한 미덕이 아닌가 싶다. 부부간의 관계도 한 쪽이 참고 넘어가지 않으면 금방 싸움이 일어난다. 친구 관계도 너그러움이 없으면 둘 사이가 오래가지 못한다. 함께 밥 먹을 때마다 밥값을 잘 안 내고 인색하게 굴 때도 그렇고 전화통화도 항상 내가 먼저 걸기를 기다리는 경우도 그렇다.

남에겐 너그러움을 베풀려 노력하되 자신에겐 엄격하게 대해야 옳은 것일까. 그럴 수도 있지만 자신에게도 너무 엄격하게 대하면 문제가 된다. 케 세라 세라(모든 게 다 잘 될거야) 하는 노래 가사처럼 자신을 먼저 쓰다듬는 너그러움을 익히고 싶다.

빼앗길 수 없는 기쁨

쇼생크 탈출이란 영화에서 주인공 앤디는 지옥 같은 징역살이를 하면서도 주어진 여건을 개선코자 한다. 동료 죄수들을 교화시키기 위해 창고를 개조해 도서관을 만들고 외부에서 실시하는 검정고시도 치를 수 있도록 학구열도 키워준다. 무엇보다 음악 방송을 실시하여 확성기를 통해 명곡이 흐르게 한다.

마음의 여유를 잃고 삭막한 교도소 생활에 여가수의 청아한 곡을 들으며 모두 일손을 잠시 멈추고 감동에 빠진다. 교도소 간부들은 당장 방송 중지를 명하지만 앤디는 문을 걸어 잠그고 저항하며 축음기를 계속 돌린다.

아름다운 선율의 음악은 듣는 이에게 마음의 평화와 따스함, 기쁨을 가져다준다. 아무리 엄격한 교도소 규칙도 그들의 마음속 상태를 빼앗지는 못한다. 음악을 비롯한 예술의 힘이 얼마나 위대한지 느끼게 한다. 어떠한 환경에 놓이더라도 내면의 행복을 강제로 빼앗아 갈 수 없다. 다시 한번 소중한 마음의 곳간을 풍성하게 채울 수 있도록 온갖 힘을 쏟고 싶디.

죽음

시골에서 중학교 다닐 적에 사회과목을 가르치던 선생님이 생각난다. 그분은 칠판에 분필로 화살표를 쫘악 그리며 시작점엔 사람을, 끝엔 무덤 하나를 그려 놓았다. 말하자면 사람이 태어나서 열심히 살다가 마지막 종착역이 죽음이란 걸 표시했다.

사춘기 때 그런 설명이 전혀 이해가 가지 않았지만 세월이 흘러 늙어 보니 과연 실감이 난다. 결국 사람은 태어나서 유한한 삶을 누리다가 무덤으로 향한다는 부인할 수 없는 진실이었다.

주일 예배 때 목사님이 시작보다는 끝을 생각하며 살라고 했다. 어떻게 유종의 미를 거둘 것인지 염두에 두는 삶이 지혜라고 했다. 혼인집에 가는 것보다는 초상집에 가는 것이 더 낫고 죽는 날이 출생하는 날보다 더 낫다고 했다. 쾌락은 잠시 그때뿐 인생을 깊이 있게 이해하지 못 하게 한다. 항상 죽음을 의식하고 살아갈 때 주어진 삶을 더 의미 있게 살아내는 지혜가 된다고 했다.

얼마나 많은 사람이 알게 모르게 하루 동안에도 죽어가고 있는지 모른다. 암 같은 질병이나 자살, 사건 사고나 화재, 지진, 전쟁 등으로 소중한 생명을 마감하고 있다. 가장 안타까운 것은 지혜가 부족하여 분별력을 잃고 마약이나 도박 같은 유혹에 빠지는 일이다. 하늘이 준 수명대로 잘 살기 위해선 죽음에 대한 깊은 성찰이 꼭 필요치 않나 싶다.

생각하는 갈대

인간 존재를 정의하는 여러 말 중에 나는 파스칼의 한 마디를 좋아 한다. 인간은 생각하는 갈대. 인간은 갈대처럼 연약한 존재이지만 가슴에 우주까지 품을 수 있는 사고력를 지녔다는 점이다. 인간이 동물보다 우수한 종임을 증명할 수 있는 특권 중의 하나는 자신의 죽음까지도 의식할 수 있는 존재라는 점이 얼마나 대단한가.

삶을 영위하는 동안 사려 깊은(THOUGHTFUL) 사람이란 말을 듣는 건 훌륭한 인품의 소유자라는 뜻일 것이다. 경박하지 않고 매사에 신중한 사람을 만나면 존경심을 품게 된다. 창조주가 자연을 통해 보여준 메시지는 오직 주의 깊은 관찰력과 깊은 사유에서 비롯되는 것이리라. 더욱 사려 깊은 사람으로 남은 생을 마무리할 수 있기를 바랄 뿐이다.

자유를 찾아서

23세의 풋풋한 북한 여성이 작은 목선에 의지하여 어머니와 이모, 남직원과 함께 탈북에 성공했다. 그들은 북한 원산항에서 출발하여 속초까지 동해 거친 파도를 헤치고 33시간에 걸쳐 목숨을 건 항해를 감행했다. 망망대해에서 북한 경비정에 쫓기며 낮에는 쉬고 밤에만 이동하여 허술한 목선을 타고 무모한 탈출에 이르렀다. 하늘이 도운 탓에 상황이 좋아져 무사히 속초항에 도달하여 자유 대한민국의 품에 안긴 행운을 얻었다. 그야말로 손에 땀을 쥐게하는 숨막히는 도전, 용기의 극치가 아닐 수 없다. 지금까지 수많은 북한 주민들이 자유를 찾아 탈북 행진을 했지만 이번 경우 만큼 최연소 여성 선장이 주도적으로 감행한 사례는 놀라울 뿐이다.

북한 독재 정권이 아무리 어려서부터 세뇌 교육을 하지만 신세대는 T.V등 매스콤을 통해 의식이 깨어있다는 사실을 증명해 주는 듯하다. 이제 만나러 갑니다(이만갑)라는 티. 브이 프로에 출연하여 탈북과정을 증언하는 강규리 선장의 단호한 표정과 눈빛은 예사롭지 않아 보인다. 어업에 종사하면서도 자유로운 남한 사회를 동경하던 그녀의 꿈은 치밀한 계획과 결단, 용기가 뒷받침돼 마침내 실현될 수 있었다.

북한 동포들이 그토록 갈망하는 자유 대한민국에서 살아 가고 있다는 사실 하나만으로 우리는 얼마나 행복한 존재임 을 감사할 뿐이다. 인권이 보장되고 자유로운 삶을 살아가는 체제인 자유 민주주의 국가는 얼마나 가치 있고 소중한가를 끊임없는 탈북자의 행렬을 통해 우리 국민에게 웅변으로 말해 주는 것이 아니랴.

에밀리 디킨슨

미국의 시인인 에밀리 디킨슨 (1830-1886)은 고독과 은둔 의 시인으로 알려졌다. 평생 동안 거의 집 밖을 나서지 않고 매사추세츠주 숲속 집에서 가족과 함께 지냈다고 한다. 20대 후반부터 은둔 생활을 하고 결혼도 하지 않고 조용히 지낼 뿐 외출을 꺼렸다. 오로지 자신의 내면과 자연, 삶과 죽음, 영원 성 같은 주제를 독특한 방식으로 표현했다. 생전에 발표된 시는 10여 편에 불과하고 사후에 미발표 시가 무려 1800여 편이나 발견되었다.

그의 시편 중에 유명인이 된다는 건 여름철 내내 연못에서 피곤하게 개골개골 울어대는 개구리들에 비유하고 오히려 무명인으로서 편히 사는 기쁨을 노래했다. 사실 평범한 소시민으로 사는 삶이 얼마나 행복한가에 대해 공감한다. 얼마나 많은 저명인사가 자기 관리를 잘못한 탓에 깊은 수렁에 빠져 허우적대는 모습을 수도 없이 보았다. 그는 한 사람의 심장이 부서지는 아픔을 막을 수 있다면, 한 마리 죽어가는 울새가 자신의 둥지에 돌아갈 수 있게 한다면 인생을 결코 헛되이 산 것이 아님을 고백한다. 인간과 자연을 향한 사랑의 삶이 얼마나 소중한가를 깨닫게 한다.

헨리데이비드 소로는 하버드대 출신으로 월든 호숫가에서 조용히 사색적인 삶을 살아낸 분으로 존경하고 있지만 에밀리 디킨슨도 여인의 몸으로 은둔 생활을 하며 영혼의 맑은 시를 쏟아낸 진정한 시인으로 여겨진다.

천로역정

존 번연이 쓴 기독교인의 천성을 향한 순례기인 천로역정은 성경 다음으로 많이 읽힌 고전으로 알려져 있다. 작가는 가난한 땜장이의 장남으로 태어나 제대로 교육도 받지 못했지만 결혼 후 신실한 아내의 영향력을 받아 청교도의 목회자로 성장했다.

당시 영국 국교가 성공회이었기 때문에 다른 종교의 전도는 법으로 금지된 탓에 존 번연은 억울하게도 12년이란 오랜 감옥생활을 하게 됐다. 전화위복이라고 그는 감옥에 갇혀서도 헛된 시간을 보내지 않고 그의 놀라운 신앙심을 엿보게 하는 천로역정을 집필했다. 크리스천(주인공)이 어떻게 멸망의 도시를 떠나 좁은 문을 향해 나아가고 수많은 유혹과 절망의 늪에서 벗어나 십자가 밑에 이르러 마침내 죄의 짐을 벗는다는 진리의 말씀을 보여 준다. 크리스티아나와 네 아들도 남편의 뒤를 따라 길을 나선다. 신앙생활은 혼자 할 수 있는 게 아니라 교회라는 공동체를 통해 가능함을 강조한다.

우리는 세상 속에 살면서 여러 고난과 게으름, 유혹과 절망, 회의에 빠져 흔들릴 수 밖에 없는 믿음 생활이 아닐 수 없다. 그래도 끝까지 구원을 향해 나아가는 용감한 순례자의 삶이 내게도 주어지기를 기도한다.

화장실의 명암

　우리나라가 세계에서 가장 모범적인 화장실 문화를 자랑하는 것으로 알려져 있다. 해외여행을 하다 보면 선진국도 공중화장실 찾기가 쉽잖고 그것도 유료 입장이니 불편을 겪는다. 우리는 시민으로서 어딜 가나 편리하고 깨끗한 화장실을 이용하는 가운데 자부심을 느낀다고 할 수 있다.

　그런데도 요즘 텔레비 다큐 프로에서 화장실의 어처구니없는 실태가 드러나는 걸 보면 충격을 받게 된다. 시민의 발인 전철을 운행하는 기관사가 화장실이 없는 탓에 용변 해결이 힘든가 하면 건설 노동자는 현장에 간이 화장실이 부족할뿐더러 관리가 어찌나 지저분한지 정나미가 떨어진단다. 조선업 강국인 우리나라가 수만 톤급 건조장에서 일하는 노동자들이 화장실이 마련되지 않아 높은 층에서 일하다가 지상으로 내려와야 한다. 특히 여성 근로자들은 생리현상까지 겹치면 더욱 고충을 호소한다. 아무리 급한 볼 일임에도 너무나 엉망인 화장실에 들어서면 그냥 참고 말겠다는 생각이 치민다고 한다.

　우리 사회는 눈에 띄는 밝은 면보다 의외로 보이지 않는 그늘 속에 고통을 감수해야 하는 가엾은 사람들이 많다는 걸 깨닫는다.

뽈레 뽈레

탄자니아의 킬리만자로를 오르기 위해선 고산병 증세가 있기 때문에 천천히 걷고 적응해야 하는 것이 필수임으로 산행 가이드가 이렇게 외친다고 한다. 뽈레 뽈레 POLE POLE 천천히 천천히.

우리나라는 세계에 유례가 없는 빨리빨리 문화로 한강의 기적을 최단기간 내에 이루어 냈다. 그 결과로 영국인 저널리스트가 쓴 '기적을 이룬 나라, 기쁨을 잃은 나라'에서 한국의 현실을 예리하게 짚어냈다. 세계 최고의 자살률과 최저 수준의 출산율을 기록하고 있다고.

미국의 85세 여성분이 노년에 고백했다는 한 구절이 가슴에 다가온다.

'만약 내가 인생을 다시 산다면 더 많은 실수를 하고, 더 느긋해지고, 더 많은 모험을 하고 싶다.'

누구나 자신의 인생을 돌아볼 때 실수 하지 않고 성공적인 삶, 완벽한 삶을 바라는 것이지만 이분의 고백은 의외인 것이 아닐까. 목표를 향해 빨리빨리 달려가는 삶도 필요하지만 남보다 많이 도전하고 경험하며 천천히 나아가는 삶이 만족감을 가져다 주는 인생으로 여겨진다.

내가 문학을 통해 꾸준히 전하고자 하는 메시지는 느림의

미학이었다. 항상 여유 있는 삶을 추구하고 여행과 독서, 예술을 즐기는 취향, 산책 등이었다.

국립 4.19 민주 묘지

강북구 수유동의 북한산 봉우리들이 세월이 흘러도 변함없이 4.19 묘역을 위로하듯 굽어보고 있다. 독재 정권과 싸우며 희생된 수많은 영령들의 무덤도 침묵 속에 환한 겨울 햇살만 무심하게 내려앉았다. 이곳에 나와 가장 가까운 교회 장로님이시고 전직 대학교수 한 분이 일 년 전 장례식을 치루었다. 그는 청년 시절에 4.19 시위대에 참여했고 평생 4.19 희생자 추모 모임에 앞장서셨다. 교회장으로 장례식이 치루어지던 날은 유난히도 춥고 매서운 바람이 몰아치는 가운데 나는 고인을 보내는 안타까운 조시를 올렸다.

묘역 안에 있는 4.19 기념관에 들렸더니 한 여중생이 데모 버스 안에서 숨지기 4시간 전에 급히 써 내려간 유서 한 장이 눈길을 끈다.

저는 아직 철없는 줄 압니다. 그러나 국가와 민족을 위하는 길이 어떻다는 걸 알고 있습니다. 저의 모든 학우들은 죽음을 각

오하고 나선 것입니다. 저는 생명을 바쳐 싸우려고 합니다. (유
서중 일부분)

어머니께 드리는 이런 유서를 남기고 희생된 소녀의 애국심
이 절절하게 느껴진다. 우리가 지금 누리고 있는 대한민국 자
유민주주의는 이렇듯 비싼 댓가를 치루고 그들의 고귀한 희생
아래 얻어진 걸 결코 잊어선 안 될 것 같다.

사랑이 답이다

인도 콜카타 지역은 이미 사라지고 없는 인력거꾼들이 아
직도 손님을 맞이한다. 내가 오래전 갠지스강 화장터로 여행
할 때 릭샤를 타고 복잡한 시장길을 헤쳐나간 적 있었다. 그
인력거 꾼은 연세가 지긋한 분으로 온 힘을 다해 바퀴를 굴렸
다, 좌석에 앉아 이 모습을 지켜보는 게 여간 미안하고 안쓰러
운 심정이었다. 어떤 콜카타의 인력거꾼은 20세 때부터 40년
동안 이 일을 했다고 한다. 그래도 릭샤를 끌어 처자식을 먹여
살리고 지금까지 살아 온 걸 아주 자랑스레 여기며 먹고 사는
문제가 정말 중요하다고 말한다.

인구가 워낙 많고 내세를 강조하는 힌두교 특성상 서민들

의 가난한 삶은 좀처럼 개선되지 않고 있다. 마더 테레사가 세운 사랑의 선교회는 국적을 가리지 않고 봉사자들이 찾아 와 그들의 비참한 현장에 힘을 보태고 있다. 침대에 힘없이 누워 있는 병든 아이들과 신체장애를 앓고 있는 어린 생명들이 가슴을 아프게 한다.

하나님은 건강한 자는 병든 자를 돌보게 하고 부자는 가난한 자를 돌보게 하고 강한 자는 약자를 보살피게 사랑의 섭리를 가르쳤다. 그러나 이를 따르지 않는 세상 때문에 우리는 에덴동산에서 자꾸만 멀어지고 있는 게 아닐까.

자유함에 대하여

니체는 '신은 죽었다'라고 선언했다. 신으로부터 인간은 종 노릇을 그만두고 자유로워야 한다는 의미였는지 모른다. 그는 유대 민족이 애굽에서 430년 동안 노예 생활을 하는 동안 주인에게 복종하는 것이 나쁜 게 아니라 선이라고 여겼다고 한다. 이런 사고방식 때문에 노예 도덕이 성립돼 그들의 신인 여호와께 절대복종함이 기독교 교리의 핵심으로 굳어졌다. 니체는 주인으로서 명령하고 결단하고 창조력을 발휘하는 주체적 삶을 선이라고 했다. 그러나 기독교에서 가장 그릇된 신앙은 내가 주인임을 내세우는 일이다.

　세상을 살아가는 동안 인간은 물질과 권력, 명예 등의 욕망에서 벗어나지 못하고 종으로 매달려 살아가기 마련이다. 세속적 욕망에서 자유함을 얻는 길은 하나님의 종으로 사는 방법인 듯하다. 사도 바울은 율법의 종으로부터 자유함을 얻는 길은 복음의 종으로 살 것을 밝혀 준다.

　하나님의 인간에 대한 지극한 사랑의 표현이 에덴동산에서 죄를 짓는 선악과를 따먹는 일에 절대 강요하지 않고 선택의 자유를 주신 것, 곧 자유 의지를 주셨다. 다시 한번 피조물인 인간을 사랑하는 하나님의 사랑을 느끼게 한다.

팡세 3

약육강식

동물의 세계에서나 볼 수 있는 잔인한 논리가 우리 인간 사회에서도 적용되는 걸 보면 우울한 생각이 든다. 강대국인 미국의 트럼프 대통령이 자국우선주의를 내세우며 세계를 흔들고 있다.

최근에 엄청난 비극적 전쟁을 3년이나 겪고 만신창이가 된 나라를 지키기 위해 동분서주하고 있는 우크라이나의 젤렌스키 대통령의 입장에 동정하지 않을 수 없다. 러시아의 불법적 침략과 맞서 우방의 도움으로 가까스로 버텨낸 그가 트럼프의 어처구니 없는 논리로 진퇴양난을 맞고 있다. 러시아의 재침공을 당할 수 있는 처지에서 확고한 국방을 담보할 수 없는데도 트럼프는 일방적으로 러시아 편을 들고 있다. 오히려 그동안 미국이 도와준 댓가로 벼룩이 간을 내먹듯 광물 채취권도 요구했다. 러시아의 독재자 푸틴만 웃게 만든다.

금년은 106년 전에 일제 침략에 맞서 우리 민족의 3.1절 만세 운동이 일어난 국경일이다. 지난 세기에 강대국들이 약소국을 침략하여 영토확장에 혈안이 된 끔찍한 제구주의 시대를 경험했는데도 다시 그러한 움직임으로 회귀하고 있는듯하다. 미국은 선진국이란 옛 모습을 지워버리고 약소국을 착취하려는 괴물로 바뀌는 게 아닐까 우려되는 현실이다.

한 사람의 그릇된 국가 지도자가 얼마나 역사를 후퇴시키고 우리들의 행복한 삶에 해악을 끼칠 수 있는지 경계해야 할 일이다.

섭리

사람이 한 세상 사는 동안 자신의 계획대로 모두 이루어질 수 있다면 얼마나 좋을까 싶다. 아무리 뜻을 세워도 그대로 돼 가는 일은 어렵거나 거의 불가능할 때가 있다. 그러니 지금 내가 이 자리에 와 있다는 자체가 믿어지지 않을 만큼 우연이라는 도움이 존재하는 걸 느낀다.

성경에 나오는 인물 중에 룻이라는 여인은 외국인 남편을 만나 살게 된다. 그런데 얼마 살지 못한 채 남편이 갑자기 병으로 세상을 떠나 버린다. 청상과부로 살아야 할 처지임에도 홀로 된 시어머니 나오미를 버리고 떠나지 못한다. 그동안 인자한 시어머니가 자신을 딸처럼 잘 대해준 것도 있지만 유대인이 믿는 하나님을 붙잡기로 결심했다. 이민을 포기하고 다시 유대 땅으로 귀국하는 시어머니를 끝까지 모시겠다는 마음으로 함께 이국땅을 밟는다. 시어머니는 맏동서처럼 이제 고향 집으로 그녀를 돌아가라고 권유하지만 완강하게 거부하는 며느리를 어쩌지 못한다. 이러한 룻의 소식을 들은 보아스라는 친족이 나타나 그녀에게 도움을 베풀게 된다. 그녀의 효심과 감사할 줄 아는 겸손함, 믿음을 인정받아 보아스로부터 은혜를 입는다. 결국 그의 아내가 되고 자식을 낳아 예수님의 족보에 오르는 조상의 한 분으로 큰 영광을 얻었다.

세상 사람들은 뜻밖의 인연이 이어지는 걸 우연이라 얘기하고 신앙에선 하나님의 인도하심, 즉 섭리라고 부른다. 어쩌면 이러한 섭리도 그냥 주어지는 게 아니라 그만큼 자신의 인격이 밑바탕 됨으로 비로소 가능한 게 아닐까 싶다.

무너지는 일상

여느 때처럼 흘러가는 일상에 대한 감사함이 더욱 고마워지는 요즘의 사건사고들이 아닐 수 없다. 서울 도심에서 갑자기 싱크 홀 현상이 일어나 지나가던 차량 한 대와 오토바이 한 대가 구덩이 속에 그대로 처박혔다. 무엇보다 30대 오토바이 운전자는 사망에 이르러 안타깝다. 그는 가장으로 생활비를 더 벌기 위해 택배 알바를 하던 중 그런 참변을 당했다.

경북 안동지역은 일주일째 산불이 크게 번져 계속되고 마을 주민들의 거주지가 화마에 잿더미로 변했다. 건조한 날씨에 사망자도 다수 발생했는데 고령자가 많단다. 건조한 날씨에 강풍마저 불어 소방 헬기도 추락하고 진화 대원 두 명도 희생되었다.

난데없이 흔들리는 일상에 안전한 삶이 무너질 때 누구를 원망할 수 있으랴. 여전히 낮이 가고 밤이 오고 내일의 태양은 무심히 떠오를 뿐이다.

매몰 비용

요즘 매몰 비용(sunk cost)이란 어휘가 그럴듯하게 여겨진다. 이미 지출되어 회수할 수 없는 비용을 말한다. 예를 들면 영화관에서 관람료를 내고 영화를 감상하는 데 재미가 없다면 어떻게 할까. 어떤 분은 도중에 나와 버린 채 다른 할 일을 선택할 것이고 다른 분은 끝까지 관람할 것이다. 책을 구입해 읽는데 도저히 재미가 없다면 포기하고 시간 낭비를 하지 않으려 할 것이고 다른 분은 끝까지 씨름할 것이다. 이미 지불한 돈이 아까워 끝까지 집착한다면 오히려 비합리적 선택이 된다. 결코 과거에 연연하지 말고 매몰 비용을 0으로 보고 다시 미래지향적으로 나가야 한단다.

죽음 앞에서도 앞으로 남은 여생이 치매에 걸렸거나 식물인간처럼 살아야 한다면 차라리 포기하고 자발적 죽음을 선택하는 게 합리적일 수도 있단다. 매몰 비용의 중요성을 강조한 대니얼 카너먼 교수는 자신의 90세가 되던 해에 정확히 세상을 마감했는데 조력사를 통해 의도적으로 죽음을 선택했다. 노후에 건강이 악화되고 더는 삶의 질을 기대할 수 없을 때 자발적인 죽음을 선택하는 게 바른 일인지 논란의 대상이 될 수 있으리라. 도덕적 윤리적 종교적 문제에서 인간의 생명을 경시하는 태도일 수도 있겠지만 한 번쯤 숙고해 볼 가치가 있는 듯하다.

신비의 영역

살다 보면 도저히 이해하기 힘든 일이 생긴다. 왜 내게 이런 일이 벌어졌는지 하나님을 원망하지 않을 수 없다. 목사님의 설교 중에 이런 예화도 소개되었다. 누구보다도 신실한 청년 신자가 청년부를 이끌며 리더로서 예배가 늦게 끝나면 원거리 회원들을 집에까지 자신의 오토바이로 태워다 주곤 했다. 그날도 오토바이 운행을 마치고 자신의 집으로 돌아오는 길에 그만 교통사고를 당했다. 머리를 전봇대에 심하게 부딪혀 의식을 잃고 응급실에 실려 갔으나 결국 소생하지 못했다.

신은 그토록 신앙생활의 모범이 되는 청년도 결코 지켜주지 않는다. 성경에서 아담과 하와는 에덴동산의 모든 것을 누리되 동산 중앙에 있는 선악과는 결코 따 먹지 말 것을 요구했다. 그렇다고 명령만 했을 뿐 강제성은 아니고 그들의 자유의지에 맡겼다. 인간을 사랑하는 당신은 스스로 선택하되 결과에 대한 책임을 지게 했다. 청년이 오토바이 사고를 당해 요절한 것도 어쩌면 그럴만한 위험부담이 많은 자신의 책임이다. 지구촌에서 일어나는 끔찍한 전쟁이리든지 대형 산불도 알고 보면 모두가 자업자득이아닐 수 없다. 신은 인간 사회에 일어나는 무수한 사건사고에 오직 침묵을 지킬 뿐이다. 신의 섭리는 우리 인간이 헤아릴 수 없는 영원한 신비의 영역으로 남는다.

시지포스 신화

그리스 신화에서 시지포스는 신들을 기만한 죄로 산 밑에서 정상으로 바위를 밀어 올리는 가혹한 형벌을 받는다 겨우 굴러올린 바위가 다시 아래로 떨어지면 다시 산 위로 올리기를 반복해야 하는 영원한 형벌을 받는다.

인간의 삶도 어찌 보면 일상이라는 바위를 죽을 때까지 굴리며 앞으로 나아가야 하는 행위인 듯싶다. 무슨 병이 들거나 활동할 수 없는 특수 환경에 놓여있지 않는 한 반복되는 일상생활을 벗어날 수 없다. 휴가 때가 아니라면 게으름을 피우고 침대에서 뒹굴뒹굴하며 살아갈 수 없을 만큼 개인의 일상도 바쁘게 돌아간다.

주어진 하루를 계획대로 알차게 살아갈 때 누구나 충족감 속에서 행복할 수 있다. 동녘 하늘에 어김없이 떠오르는 태양을 바라보며 일상의 바위를 위로 밀어 올리게 되는 여전한 삶, 시지포스의 주어진 운명에도 감사할 따름이다.

숨은 공로자

하마터면 흙속에 묻힐뻔한 보물이 세상의 빛을 보고 훤히 드러나게 되는 것은 숨은 공로자가 있다는 걸 알게 된다. 28세로 요절한 윤동주 시인도 연희전문 학교 시절에 인왕산 아래 동네서 후배인 정병욱과 하숙을 했다. 바로 그가 윤동주로부터 받은 작품을 시골에 있는 어머니에게 부탁하여 잘 보관토록 했다. 어머니는 항아리에 원고 뭉치를 집어 넣고 마루 밑에 보물처럼 간직하여 아들이 군생활 마치고 돌아 왔을 무렵 무사히 넘겨 주었다. 윤동주의 3편 밖에 없는 필사본 중 유일하게 남은 작품이었다. 정병욱 교수가 세월이 흘러 '하늘과 바람과 별과 시'라는 시집을 발간함으로 윤동주 시인이 사후에 우리에게 알려졌다.

생전에 화가로서 불우한 삶을 살아냈던 반 고흐는 동생 테오와 제수(요하나), 조카(빌럼)가 아니었으면 어둠 속에 묻힐 존재였다. 제수는 2년이 안 돼 남편과 사별했지만 그녀의 노력으로 테오와 반 고흐가 평생 주고 받은 편지를 책으로 출간했다. 성장한 조카의 손에 의해 네델란드 반 고흐 미술관이 마침내 개관되어 수많은 관광객들의 발길을 모으게 했다.

영원히 사라져 버릴 뻔한 훌륭한 작가와 작품, 문화재들이 봄날의 꽃처럼 화려하게 부활할 수 있도록 한 숨은 공로자들에게 우리는 머리 숙여 감사할 따름이다.

위험 사회

문밖을 나서면 차와 사람 조심이라는 생각을 명심해야할 듯하다. 빈번한 교통사고는 물론 인도를 걸을 때도 취객이나 정신적 질환이 있는 사람을 맞닥뜨리면 어처구니없는 봉변을 당할 수도 있다. 멀쩡한 차도가 주저앉아 땅 꺼짐 현상이라는 싱크홀도 빈번하게 일어나 사상자가 속출한다. 동네 산책로에서 한가로이 걷다 보면 자전거를 타고 오는 사람에게 부딪혀 부상을 입기도 하고 맹견에게 물리기도 한다. 둔감력을 키우지 않는 한 잠시도 안심할 없는 도시의 일상이다.

최근에 스페인과 포루투칼에서 갑자기 대형 정전사태가 발생하여 교통 통신이 끊기고 사회가 혼란 속에 빠져든 뉴스가 남의 나라의 일 같지 않다. 하루라도 없으면 허전해 지는 스마트폰도 개인 정보가 새나가고 피해를 볼 수 있게 된 해킹 사건이 일어 난다. 그렇다고 문명의 혜택 속에 안락한 삶을 누리고 있는 현대인이 과거의 불편한 시절로 결코 돌아갈 수도 없다.

부모의 뱃속에서 태어나 제 수명을 누리고 노년까지 이르는 과정이 결코 만만치 않다. 그래서 무탈하게 하루하루 살아가며 늙음을 맞이하는 일이 얼마나 큰 축복인가 싶다.

에로스와 아가페

최근의 한 뉴스에서 50대 여성이 딸 부부와 공모하여 남편의 거시기를 잠든 사이에잘라 버렸다는 끔찍한 사건이 들려온다. 그 동기는 남편이 바람을 피웠다는 이유라고 한다.

약 850여 년 전 중세 시대에 전설적인 프랑스 수도사와 수녀의 사랑 이야기가 문득 떠오른다. 그들은 스승과 제자 사이로 만났고 스승(아벨라르)는 당시에 39세로 최고의 석학으로 알려졌고, 제자(엘로이즈)는 당시에 15세 어린 나이로 최고의 지성과 미모를 갖춘 여인이었다. 엘로이즈의 삼촌은 자신의 총명한 질녀를 당대 유명한 그에게 가정교사를 부탁했지만 결국 남녀 관계의 덫에 빠져들었다. 엘로이즈는 임신하게 되었고 세상의 눈을 피해 수녀원으로 들어가고 아벨라르 역시 수도원으로 들어가 생활했다. 배신감을 느낀 삼촌이 아벨라르가 잠든 사이에 하인을 매수하여 그의 거시기를 잘라버리는 악행을 저질렀다. 신심이 깊은 아벨라르는 자신을 아예 죽이지 아니하고 자비를 베풀어 신체의 일부분만을 훼손시킨 것에 오히려 감사했다.

수도원 생활을 하면서도 두 사람 사이에 오고간 사랑과 신앙이 담긴 서한문이 책으로 발간돼 지금까지 고전으로 읽혀져 온다. 엘로이즈가 아벨라르에게 보낸 편지 가운데 에로스의 사랑이 얼마나 대단한지 전율을 느끼게 한다.

나는 나의 위로를 위하여 당신 이외의 그 어느 누구도 원하지 않습니다. 모든 내 불행의 근원이신 당신만을 바랍니다. 오로지 당신만이 나를 슬프게도 할 수 있고 오로지 당신만이 나에게 기쁨과 위안을 주실 수도 있습니다. 당신의 아내가 아니고 첩이나 창부로 불리워도 좋습니다. 오직 애인이란 이름으로 불리우는 게 제겐 자유롭고 훨씬 감미롭습니다.

이러한 에로스의 사랑에서 아가페의 사랑으로 이끌고자 하는 아벨라르는 '이제부터 내가 당신의 애인이 아니고 예수님이 바로 당신의 애인으로 여겨지기를 바랍니다'하고 간곡히 권유하며 '이 세상 창조자께서 당신을 얻기 위한 대가로 아무 부족함이 없는 예수님을 십자가에서 끔찍한 처형을 당하도록 내주신 것입니다'라고 가르친다.

어거스틴은 그의 '고백론'에서 젊은 날의 방탕한 생활을 돌아본다. 그토록 사랑했던 한 여인과 사생아까지 있었지만 어머니인 모니카의 냉정한 권유로 신학교에 들어가 목회자의 길을 걷는다. 버림받은 애인은 절규한다. 나를 비참하게 만든 그런 하나님은 결코 믿지 않겠다고.

다시 한번 에로스와 아가페 사이의 연약한 인간의 실존이 애틋하게 다가온다.

편안한 죽음

평생을 환자 곁에서 살았던 일본의 나카무라 진이치라는 의사가 펴낸 책이 참으로 용기있게 여겨진다. 자신이 의사이면서 의료계에 비난받을 각오로 편안한 죽음을 맞이하기 위해 '의사를 멀리 하라'는 충고를 할 수 있다니.

죽음은 자연의 순리이기 때문에 누구나 피할 수 없고 삶이 비로소 완성되는 순간이다. 어떻게 고통스럽고 비참하지 않게 잠자듯이 생을 마무리할 수 있을까. 저자는 가능한 범위 내에서 의료가 개입되는 죽음을 피하고 자연사를 권장한다. 죽음의 장소도 병원이 아닌 내 집의 침대에서 맞이할 것을 얘기한다. 암에 걸린 사람이 아무런 조치를 하지 않고 그냥 내버려두면 고통 없이 평온하게 죽을 수 있다고 한다. 특히 노년기엔 노화에 순응하며 병과 동행하라고 한다.

우리 부부는 회복 가능성이 없는 마지막 순간에 이르렀을 때 연명치료를 거부한다는 동의서를 이미 의료기관에 제출했다. 금년 정월 중순에 하마터면 이 세상을 갑작스레 마감할 뻔한 교통사고를 당해 보니 더욱 죽음에 대해 진지한 생각이 밀려든다. 무슨 수를 쓰듯 명줄을 잇는 것이 아니라 죽음 직전까지의 시간을 어떻게 살아내느냐가 중요한 과제로 떠오른다. 어느 날 갑자기 의식불명으로 병실에 누워 생명을 연장시키는 상황이라면 얼마나 비참한 결과일까. 이제 잘 죽는 일만 남았다.

나잇값

인간의 외모는 나이를 먹고 세월 따라 아이에서 어른으로 성장한다. 그런데도 마음 만은 나이 따로 인격 따로인 듯하니 왠일일까. 산책하다 보면 이상한 어르신이 눈에 띤다. 비둘기들이 천변에서 한가로이 먹이를 찾는데 돌멩이를 집어들고 쫓아낸다. 비둘기들은 놀란 채 후다닥 날아가 버리고 어르신은 아무일 없다는 듯 유유히 걸어간다. 어떤 분은 가로수 등걸에 등짝을 쿵쿵거리며 운동을 한다. 살아 있는 나무의 아픔은 아랑곳없다.

아파트에 살면 층간소음이 언제나 문제가 된다. 내가 사는 아파트의 아래층 어르신은 거실에서 의자 끄는 소리가 신경을 거스린다고 두 번이나 올라와 초인종을 누른다. 그 소리가 우리집이 아니고 다른 집에서 난다는 걸 인정했지만 엘리베이터 안에서 마주칠 때 눈도 안 맞추고 인사도 받지 않는다. 그러기를 몇 년째이지만 여전히 냉정한 표정이다.

아무리 살 만큼 살고 고령에 이르러도 사람은 부단한 자기 수양을 하지 않는한 그대로 머물러 있는듯하다. 나 자신부터 누구에게나 부드럽고 원만한 인격으로 어른스러움을 갖추도록 노력할 일이다. 하긴 괴짜 성격은 어쩔 수 없지만.

건강한 노년

한가위 연휴가 열흘씩 되다 보니 사람마다 어떻게 보람 있고 행복한 시간을 보낼지는 각자의 몫이 아닐 수 없다. 대부분의 사람들이 국내외 여행을 즐기는 것으로 여겨진다. 우리나라가 이미 고령화 시대로 접어든 만큼 전철을 타고 가까운 유원지로 놀러 가는 어르신들이 많아졌다. 좌석 찾기가 어려울 만큼 만원인 전철 여행에 나도 동참했다. 경로 우대를 받는 전철이란 교통수단은 우리나라가 베풀어 주는 좋은 복지 혜택 중의 하나이다. 목적지에 내려 만 원 한 장으로 점심을 해결하고 소요산 관광지를 둘러보고 집에 돌아오니 어느새 하루해가 저문다.

다리가 조금이라도 튼튼할 때 돌아다니고 싶은 곳을 맘껏 다니며 즐기고 싶다. 병석에 누워 침대에 붙들려 있으면 인생은 이제 시들어 버린 배춧잎이다. 건강한 노년의 삶이 내게 주어진 것에 감사하며 오늘도 만족스러운 하루를 사냥하러 나선다.

흔들리지 않는 삶

한 세상 살아내는 동안 무엇에나 구속받지 않고 자유로운 영혼으로 지내기란 그저 이상에 불과한지 모른다. 누구나 크든 작든 현실에 발 묶여 지낼 수밖에 없는 게 인간의 실존이 아닐 수 없다. 그러나 가능한 범위 내에서 꾸준히 그러한 삶을 추구하는 게 멋진 일생으로 여겨진다.

김삿갓(본명 김병연)은 과거시험에 합격하여 벼슬 생활을 할 수 있었지만 결국 불우한 운명을 살아냈다. 강원도 영월에 가면 그의 묘비가 세워져 전국을 떠돌며 방랑시인으로 오히려 자유로운 삶을 누린 것으로 알 수 있다.

매월당 김시습도 조선 세조 시대에 어지러운 정치를 피하여 전국을 떠돌며 명시를 쓰고 최초의 한문소설 금오신화를 남겼다. 화담 서경덕도 조선 중종(11대)시대에 학문의 높은 경지에 이르렀지만 벼슬을 마다하고 초야에 묻혀 자유인의 멋진 삶을 마감했다. 당대 유명한 기생 시인, 황진이를 제자로 삼을 만큼 고고한 인격의 소유자이기도 했다. 그가 남긴 말 중에 격물치지를 뜻하는 '도는 먼 곳에 있지 않다. 풀잎에 이슬이 맺히고 산새가 우는 곳에 있다'라고 설파했다.

과연 어찌 사는 것이 진정 행복한 일인지 생각해 본다. 의식주에서 자유로울 수만 있다면 명예나 부, 권력을 좇지 않고 오로지 자신의 추구하는 삶을 살아내기 위해 주저하지 않는 도전정신, 용기가 필요할 듯하다..

낙천적 인생관

아프리카 남동부의 나라인 말라위의 재래시장은 우리의 옛 시골장터나 다름없다. 그들이 기른 가축이나 채소, 과일 등이 공터에 좌판을 벌려 놓고 있다. 가난한 그들은 마땅한 일자리도 없고 그저 남의 사탕수수 밭에서 고된 노동을 하고 아이들은 이삭줍기로 끼니를 때운다.

새카만 얼굴에 울긋불긋한 색상의 옷감을 걸쳐 입은 아줌마들이지만 한결같이 얼굴 표정이 싱글벙글이다. 어떤 청년 한 명이 시장 한복판에서 사람들이 지켜보는 가운데 궁둥이 춤 솜씨를 자랑한다. 구경꾼들도 모두 장단을 맞추고 낄낄거리며 흥겨운 춤 동작에 빠져든다. 청년은 한바탕 춤 솜씨를 보이고 촬영하는 P.D에게 한마디 한다.

인생이 뭐 별거에요. 힘들어도 웃으며 사는거죠 뭐.

그는 흰 이빨을 드러내며 크게 웃어댄다.

가난에 찌든 삶을 살면서도 그들의 낙천적 삶이 꽃향기처럼 느껴진다. 세계 10위권의 경제를 자랑하는 우리나라의 젊은이들은 자살 건수가 늘어나고 있는 것과 대조적이 아닐 수 없다. 환경이나 상황에 관계없이 저들의 마음을 다스리는 힘이 아마 참된 신앙심에서 비롯된 것이 아닌가 싶다.

자식 농사

얼마 전 티브이 '인간극장'이란 프로에 산골 마을에 사는 노부부의 이야기가 감동을 주었다. 오직 농사일밖에 모르고 생계에 바쁜 부부는 2남3녀의 자녀를 모두 도시로 보내 대학까지 가르쳤다. 할아버지는 초등학교만 나오고 할머니는 그나마 초등학교 중퇴이지만 서로 사랑하며 오순도순 살아가는 모습이 영락없는 잉꼬부부이었다. 할아버지의 확고한 생활철학은 사람은 모름지기 가르쳐야하고 배워야 한다는 교육열이었다. 곡식농사는 망치면 다음 해에 다시 하면 되지만 자식 농사는 그럴 수 없다는 것이다.

최근 뉴스에 고위층과 부유층의 자녀가 마약에 중독돼 경찰에 압송되는 사건을 바라볼 때 안타까웠다. 무엇보다 16세 중학생으로 미국에 유학 간 아들이 34세 될 때까지 마약을 끊지 못해 긴 세월을 허송해 버렸으니 그 부모는 얼마나 가슴이 찢어지게 아프랴 싶다.

다시 한번 부모로서 자식 농사가 잘돼야 노후가 편안하고 행복해질 수 있음을 깨닫지 않을 수 없다.

문학과 나

문학을 사랑했던 소년은 고희 중반을 넘어섰지만 아직도 짝사랑에 머물고 있다. 여전히 시를 쓰고 수필을 쓰는 작업을 멈추지 못한 채 살아간다. 강남 사회 복지관에서 글쓰기 강의를 담당한 지도 14년째 접어들었다. 언제 그만둘까 시점만 보고 있지만 건강이 허락하는 한 계속하고 싶다. 이것 말고는 노인 일자리에서 내게 적합한 분야가 또 있을런지 모르겠다. 생계 수단인 젊은 날의 직장생활을 벗어난 지도 벌써 25년째에 이르렀다. 지금은 거의 봉사직인 까닭에 겨우 교통비 수준에 불과한 보수지만 재능기부라는 차원에서 보람을 찾는다.

1996년도에 문단에 데뷔하여 꾸준히 샛길을 가지 않고 문학에 정진한 결과물로 다수의 수필집과 시집을 발간하였다. 초등학교 다닐 때부터 소년의 꿈은 한국의 톨스토이나 괴테 같은 위대한 문호가 되기를 기도했다. 그러나 하나님이 내게 주신 달란트가 전혀 거기에 미치지 못함을 깨닫고 포기한 지 오래다. 소설가가 되고 싶었는데 시인, 수필가로 만족하며 현재까지 문학의 언저리를 맴돌고 있지만 그래도 괜찮은 나의 문학여정이었다고 스스로 자위한다. 나는 다시 태어나도 문학을 사랑하는 작가로 남을 것이다.

인체의 신비

하루하루의 일상생활이 아무 일 없이 평온하게 지나갈 수 있다면 감사할 뿐이다. 새해를 맞아 겨우 정월 중순쯤에 이르렀을 때 하마터면 사망으로 이어질 뻔했다. 주일아침에 예배 보러 먼 거리에 있는 교회에 가려고 막 주차장을 빠져나와 아파트 후문에 이르렀다. 갑자기 차에서 부릉부릉 소리가 나더니 그대로 돌진하여 길가의 방음벽에 부딪혀 가까스로 멈추어 섰다. 차량 앞부분이 완전히 파손된 채이고 충격으로 인한 화재는 일어나지 않았다. 다행히 운전석의 에어백이 터지고 앞바퀴가 도로 턱에 걸려 정지한 탓에 나는 안전했지만 조수석의 아내는 병원 검진 결과에 오른쪽 갈비뼈 두 개가 골절되었다. 신체에서 갈비뼈의 역할이 심장과 폐를 보호하고 무엇보다 호흡을 돕는다고 한다. 좌우로 12쌍씩 모두 24개로 이루어졌다. 이 중 1번부터 7번 갈비뼈는 진늑골이라 하고 8번부터 10번까지는 가늑골, 11번부터 12번은 부늑골로 분류되었다.

이와같이 척추와 연결된 갈비뼈들은 각각의 기능을 지닌 기하학적 설계로 이루어졌다.

어찌 갈비뼈뿐인가. 우리의 신체 구조는 너무나 섬세하고 완벽한 듯하다. AI시대가 되어 아무리 사람을 대신하는 기계가 나온다해도 하나님의 놀라운 솜씨를 감히 따라갈 수 없을 것이다. 인체의 신비만으로도 우주만물을 창조한 하나님의 높고 위대하심을 우리는 경외하지 않을 수 없다.

가난에 대하여

길을 걷다 보면 할아버지나 할머니들이 짐수레에 폐지를 잔뜩 싣고 힘들게 걸어가는 모습이 눈에 띤다. 혹시 차량에 치일까 봐 위험해 보이기도 한다. 고령화 시대에 이른 우리나라는 아직 세계의 10위권 경제대국이지만 가난한 노인들이 많은 것으로 나타난다.

누구나 가난했던 우리의 어린 시절이 가끔 생각날 때가 있다. 도시락을 싸 가지고 올 형편이 안 돼 점심시간이면 교실 밖으로 슬그머니 빠져나와 수도꼭지에서 물로 허기를 채워야 했다. 쌀 한 톨 섞이지 않은 꽁보리밥이든 누런 조밥이든 하루 세끼 먹을 수만 있다면 그나마 다행이었던 시절이 아니었나.

나의 그 때 일기장을 들여다 보면 '위주머니'에서 해방될 수 있기를 간절히 바랐던 것 같다.

지갑이 비어 있고 통장 잔고가 달랑달랑 하면 누구나 불안하고 매사에 자신이 없어진다. 황금 만능주의를 비난하지만 가난하면 손발이 묶인 것처럼 위축된 채 삶을 누리지 못하고 비참해질 뿐이다. 얼마나 많은 범죄가 돈 때문에 세상을 어둡게 만드는지 모른다. 도스토엡스키의 가난한 사람들이란 소설이나 빅토르 위고의 레미제라블의 주인공 장발장처럼 가난을 소재로 다루고 있다.

가난은 결코 미덕이 아니다. 인간다운 품위와 존엄을 유지하기 위해서도 삶의 질을 떨어뜨리는 가난은 반드시 극복해야할 장애물일 뿐이다.

제2부

버티는 삶

행복한 마지막을 위해

2024년도를 뒤돌아볼 때 다른 어느 해보다 우울한 기억을 남기며 저물어가는 듯하다. 그냥 순조롭게 한 해가 물러나 주지 않고 '끝날 때까지 끝난 것이 아니다'라는 말처럼 무안 공항에선 대형 참사가 발생했다.

태국 방콕 여행을 잘 마치고 무사히 우리나라 공항에 도착하여 즐겁게 집으로 돌아가야 할 그들이 2명의 생존자만 겨우 남기고 탑승객 전원 179명이 목숨을 잃어버린 비극의 현장으로 바뀌었다. 아직 확실한 사고 원인이 밝혀지지 않았지만 분명한 건 공중을 나는 철새들이 비행기 프로펠러 쪽으로 빨려 들어가 장애를 일으켰다고 한다. 조종사가 랜딩 기어가 작동하지 않아 동체 착륙을 시도하여 벽에 부딪혀 화재로 이어졌다고 한다. 탑승객들은 무방비 상태에서 화염에 휩싸여 얼마나 두렵고 끔찍한 장면을 맞이했을지 상상해 볼 뿐이다. 직장에서 승진 축하나 환갑맞이, 가족과 친구들의 모임 등 행복한 추억 만들기 여행이었을 것이다. 10대 자녀들이나 어린 손자와 함께한 가족여행은 더욱 안타까운 심정이 든다. 한꺼번에 일가족을 잃어버린 가정을 생각하면 더욱 그렇다.

고희 중반을 넘어가는 시점에서 돌아보면 나는 그동안 많은 여행을 다녀왔다. 그런데도 항공기 사고를 한 번도 당하지 않고 여기까지 건재할 수 있었다는 사실이 하나님께 감사하는 마음일 뿐이다. 다른 교통수단에 비해 비행기 사고는 확률이 낮다고 하지만 한 번 발생하면 대형 사고가 된다는 사실이 이번에도 실감케 한다. 비행기는 이착륙 때 가장 긴장된 순간을 맞는다고 한다. 그래서인지 목적지 공항에 도착하여 비행기가 공중을 선회하다가 마침내 착륙하여 앞바퀴가 튀어나오며 활주로를 미끄러져 달릴 때 저절로 승객들은 박수갈채를 하며 안도의 한숨을 쉬게 된다. 나는 지구 반대편 나라에 갈 때 지루한 비행시간을 견디며 멀미도 나오고 괴로워하면서 어서 땅을 딛고 싶은 마음이 간절했다. 역시 사람은 하늘도 바다도 아니고 든든한 땅을 밟으며 살아야 하는 육지 동물이 확실하다는 걸 깨닫게 된다. 아내는 여행을 좋아하지 않는 성격으로 내게 입버릇처럼 말하곤 한다.

내가 걸어 다닐 수 있는 곳, 집 주변이나 산책하고 즐기는 것으로 만족해요.

이번 일어난 비행기 참사를 보고 아내는 더욱 해외여행을 싫어하는 쪽으로 마음을 굳힐 테니 부부 동반 여행은 인제 그만 포기해야 할 듯하다.

건강한 어르신들은 소일거리로 가장 좋은 방법이 무료로 전철을 타고 서울 근교 여행을 즐기는 재미일 것 같다. 나도 즐겨 찾는 여행지로 북한강 쪽 두물머리와 강북의 소요산, 인천행 전철을 타보면 경로석이 거의 꽉 차고 만다. 며칠 전 지인의 장례식장에 다녀왔다. 고인은 오래전에 부인과 사별한 채 나 홀로 삶을 살면서 시간만 나면 전철을 타고 여기저기 다니던 중 한 달에 한 번씩 온양 온천에서 목욕을 즐겼다고 한다. 탕 안에 노약자는 5분 이상 머물지 말라는 주의 안내문이 있는데도 그는 노곤한 몸을 풀기 위해 오래 머물다가 심장에 이상이 생겨 사망했다고 한다. 그는 85세 고령에도 평소에 건강관리를 잘하는 편이어서 모두가 갑작스러운 죽음을 안타까워했다. 목욕탕 주인이 옷장에서 그의 지갑 속 주민등록증을 찾아내 신원 파악이 이루어졌기 망정이지 하마터면 객사로 여겨질 수도 있었다. 한 달 사이로 지인과 비슷한 사례로 같은 교회에 나가는 어르신 한 분도 동네 목욕탕에서 탕 속에 오래 머물러 있다가 그만 변을 당했다. 연거푸 두 명의 목욕탕 사건이 당사

자에겐 안 된 일이긴 하되 나이가 들면 누구나 편안하게 잠자듯이 마감할 수 있기를 기도하고 있다.

현직에 있을 때보다 퇴임 후에 더 훌륭했다는 평을 받는 지미 카터 전직 미국 대통령의 서거 소식이 최근에 전해졌다. 그는 100세라는 역대 최장수를 누린 미국 대통령으로 기록되었다. 그는 은퇴 후 제 이의 인생을 어떻게 살아야 하는지 모범 사례를 보여준 게 아닌가 싶다. 그는 세계의 가난한 나라의 사람들을 위해 집짓기 운동을 했고 북한을 비롯한 분쟁지역에 평화 협상을 위한 중재자 역할을 한 공로로 노벨 평화상까지 수상했다. 마지막 생애를 보내는 동안에도 암 투병 중에 병원 신세를 거부하고 자택에서 호스피스 케어를 선택하여 죽음마저도 어떻게 맞이해야 하는지 모범을 보여 준 듯하다. 대부분 사람이 임종 순간에 병원에서 연명 치료를 받거나 현대의술에 끝까지 매달려 지내고자 한다. 좋은 죽음은 자택에서 가족 친구들이 지켜보는 가운데 맞이하는 게 바람직하지만 그렇지 못하는 현실이다. 병원에서 사망하는 경우가 70%이고 집에서 편안히 임종을 맞이하는 사람은 30%에 불과하다는 통계 숫자가 말해 준다. 지미 카터는 기독교인으로 사랑을 몸소 실천히는 일에 앞장서며 활기찬 인생 2막을 마감했다. 어쩌면 100세 시대에 딱 맞게 100세를 채우고 하늘나라로 부름을 받아 갈 수 있었는지 정말 행복한, 그리고 멋진 인생이 아닐 수 없다.

메멘토 모리(죽음을 기억하라)란 말은 로마 시대에 개선장군이 시가행진하며 열렬한 군중의 환호를 받게 될 때 같은 마차에 탄 노예가 그에게 귓속말로 속삭여 준다고 한다. 오늘은 전쟁에서 승리자로 살아 돌아왔지만 다음엔 패배자로 죽음을 맞이할 수 있다는 경고의 목소리인 셈이다. 사람이란 항상 잘 나갈 때 우쭐하여 겸손함을 잃어버리게 된다는 교훈이 아닐까 싶다. 어떠한 죽음이 과연 행복한 죽음일지 이론적으로 알고 있지만 뜻대로 이루어질 수 없는 게 인생인 듯싶다. 다만 지미 카터처럼 잘 사는 것이 잘 죽는 길임은 확실한 것 같다. '나는 충분히 잘 살았다'라고 스스로 고백할 수 있을 때 그는 죽음 앞에서 행복한 미소를 지을 수 있잖을까. 죽음은 바로 삶의 완성이기에 그러하리라.

살아가는 방식에 대하여

최근에 부고장을 받은 나와 가까운 부모 자식간의 관계도 이렇듯 불화가 깊어질 수 있다는 걸 깨달았다. 유산 문제도 아니고 단순히 사랑의 부족 때문이었다. 인생의 모든 고민은 인간관계에서 비롯된다는 사실이 실감난다고 할까. 알프레드 아들러(오스트리아 심리학자)는 '미움받을 용기'란 책에서 인간

관계의 난해한 문제를 심도있게 파헤쳤다.

죽음 앞에선 아무리 원한이 쌓인 사람과도 용서하고 화해하는 게 인지상정이 아닐 수 없다. 더구나 부모자식간의 관계는 더더욱 그러하지 않으랴. 부자지간에 금이 간 이유는 장남인 아들에게 사전 상의도 하지 않고 아버지가 상처한 지 얼마 되지 않았는데 일방적으로 새어머니를 맞아들였다는 것이다. 아직 아들의 마음속에 암으로 돌아가신 어머니에 대해 슬픔이 채 가시기도 전에 아버지가 재혼한 것은 분노의 감정을 심게 했다. 그 이후로 부자는 냉각 상태에서 거의 30년 동안 연락을 끊고 지냈다. 다른 형제자매들이 맏이의 마음을 달래고 아버지와 화해시키려 노력했으나 요지부동이었다. 명절이나 어버이날이 닥쳐도 시골에 계시는 아버지 댁을 전혀 찾지 않았다. 아들은 결국 아버지의 임종도 지키지 않았고 장례식장에도 끝내 모습을 나타내지 않았다. 가족 명의 부고장에 맏이의 이름도 아예 빼버린 채 형제자매들의 갈등만 노골적으로 드러냈다. 아버지는 불효자식을 용서하며 눈을 감았을까 싶다. 어쩌면 장남이 꼭 나타나기를 마지막까지 기다렸든지 아니면 다른 자녀들에게 분노의 심정으로 아예 오지도 못하게 유언했는지도 모른다. 결혼하여 자녀를 둔 50대 가장에 이른 그가 그처럼 외골수이었는지 몰랐다. 부자가 똑같이 마음 문을 열지 않고 버티기로 일관한 셈이다. 누가 먼저 항복(?)하느냐식의 시합을 한 것처럼. 기독교의 최고의 가르침이 '원수를 사랑하라'고 했지만 부자간의 증오가 어쩌면 극과 극을 이룰 수 있는지 안타까울 뿐이었다.

아들러 심리학의 관점에서 보면 프로이트와 달리 인간관계를 원인론에서 찾지 않고 목적론으로 설명한다. 예를 들자면 '나는 아버지한테 어린 시절에 매를 맞았다. 그 때문에 아버지와 사이가 틀어졌다.'는 프로이트식 원인론이다. 반대로 같은 문제를 아들러는 다르게 해석한다. '나는 아버지와 좋은 관계를 맺고 싶지 않아서 매 맞은 기억을 꺼내 들었다.'처럼 인간관계의 카드는 나에게 주도권이 있다고 밝힌다. 내가 아버지와 좋은 관계를 맺기 위해 목적을 바꾸면 문제가 간단해 진다. 과거의 나쁜 기억은 버리고 미래지향적으로 나아갈 수 있게 된다. 내가 생각을 바꾸면 상황이 바뀐다는 것이다. 이것은 다른 누군가가 바꿔주는 것이 아니라 오로지 나의 의지로 바뀔 수 있다는 견해이다. 어떠한 경우에도 과거에 집착하면 오물 속에서 뒹구는 꼴이 되고 만다. 장성한 자녀들이 부모에게 수시로 안부 전화를 하지 않는다고 서운해 하는 일이나 결혼 문제 같은 잔소리도 하지 않는 쪽으로 마음을 다스려야 할 것 같다. 가장 중요한 건 부모자식간의 사이가 멀어지는 일을 염두에 두어야 현명하지 않으랴.

아들러의 심리학은 용기의 심리학이다. 생활양식을 바꾸

려고 할 때 미움을 받을 수 있는 용기를 필요로 한다. 생활양식이 선천적으로 주어진 것이 아니라 스스로 선택한 것이라고 한다면 다시 선택하는 것도 가능하다는 게 아들러의 주장이다. 내가 변하지 않는 것은 스스로 변하지 않겠다고 결심했기 때문이라 한다. 지금의 생활양식을 버리겠다고 생각을 바꾸는 데는 다만 용기의 문제라고 여긴다. 지금까지의 인생에 무슨 일이 있었든지 앞으로의 인생에는 아무런 영향이 없다는 것이고 지금, 여기를 사는 내가 중요할 뿐이라고 한다.

이제 나의 인생 여정도 마무리해야 할 단계에 이르렀다. 누구의 눈치를 보거나 기대에 맞추어 살아가야 할 때는 지났다. 사회생활을 하는 이상 독불장군처럼 행동할 순 없지만 자유로워지는 일에 초점을 맞추고 싶다. 인기 배우인 김영옥은 88세의 나이에 '혼자 살고 싶다'라는 의사를 밝히며 남편과의 황혼이혼을 꺼내는 뉴스를 보았다. 다 늦은 나이에도 용기 있는 결단을 과연 내릴 수 있을까 싶다. 주변에서 노년의 부부생활임에도 서로를 속박하고 살아가는 생활방식을 보면 과연 옳을까 싶다. 그들은 옆지기의 눈치나 비위를 맞추는 일이 나이 들수록 남자의 살아가는 지혜라고 충고한다. 아무리 나는 안 그런 체해도 전혀 남을 의식하지 않고 살아가는 일이 죽을 때까지 불가능하잖을까 싶다. 자유함을 얻기 위해선 어느 정도 타인에게 미움을 받는 용기가 필요하다는 아들러의 견해 앞에서 다시 한번 인간관계의 어려움을 생각하지 않을 수 없다. 그런데도 '내가 나를 위해 내 인생을 살지 않는다면 대체 누가 나를 위해 살아준단 말인가?'라는 질문에 스스로 위로를 받는다.

버티는 삶

인상주의 화가 중에 내가 좋아하는 르누아르 작품을 보기 위해 국립중앙박물관을 찾았다. 요즘 들어 K-컬처 영향 때문인지 한산하던 박물관 방문객들이 부쩍 늘어나고 있다는 뉴스가 전해진다. 그래서인지 카페에서 만나는 것보다 박물관에서 만나자는 약속이 더 멋져 보인다. 특별기획전은 인상주의에서 모더니즘 초기까지 작품이 전시돼 있었다. 뉴욕 메트로폴리탄에 미술품 수집가인 로버트 리먼이 기증한 작품들이 관람객들을 맞이한다.

그동안 눈에 익은 르누아르의 작품 중 '목욕하는 여인들'과 '피아노 치는 소녀들'은 인물의 생명력이 넘치고 살빛이 살아 있는 듯하다. 그는 일상의 즐거움이나 여성과 아이, 가족, 축제 장면을 즐겨 그렸다고 하며 세상에는 이미 충분히 슬픔이 많은데 왜 예술이 어두워야 하는가를 반문했다. 인생의 긍정적이고 밝은 면을 보여주려 했던 그의 생각이 따스한 햇살로 다가온다. 말년에 관절염으로 손이 굳어 붓을 묶어 그릴 만큼 창작열을 불태워 미와 삶의 기쁨을 추구했다.

하늘에서 찬란하게 빛나던 별들이 별똥별로 스러지듯 최근에 연이어 영화와 연극에서 유명 스타들이 우리 곁을 떠나는 걸 보면 안타까움을 느낀다. 그중에도 노익장을 과시하며 91세까지 현역으로 활동하며 국민배우로 사랑을 받던 고 이순재 어른이 생각난다. 그는 예술이란 영원한 미완성이다. 그래서 나는 완성을 향해 끊임없이 도전하는 삶을 살아간다고 했다. 얼마 전 텔레비전 프로에 나와 인터뷰하는 송승환 배우의 연기 인생은 무척 감동적이었다. 무엇보다 시력을 잃은 상태에서도 포기하지 않고 대사를 외우고 연극과 뮤지컬 제작자로 왕성하게 활동하는 모습이었다. 자신의 시력이 희미하긴 해도 절망하지 않고 툭툭 털고 일어나 남들보다 열성을 다해 버텨가는 배우로서 근성이 느껴졌다. 자신이 맡은 연기의 대사를 완전히 머릿속에 익히고 무대 위의 환경이나 상대역에 대한 표정, 음성도 기억하여 결코 실수한 일이 없었다고 한다. 그는 괴롭고 힘든 현실을 직시하며 살기보다 그러한 현실을 이겨내기 위해 연극과 배우가 존재하는 의미를 갖는다고 했다.

지난 직장생활을 돌아보면 어떻게 버텨왔는지 무척 힘든 세월이 아닐 수 없었다. 나와 전혀 적성이 맞지 않는 돈다발과 숫자 속에 고전하며 어떻게 은행 업무를 감내했을까 싶다. 피라미드형 조직생활 속에 말단 행원 직을 벗어나 중간 간부인 대리로 승진하여 지방 발령을 받은 곳이 교통의 중심지인 이리(현 익산)지점이었다. 아내도 시어머니와 시누이 가족과 함께 생활하는 불편함을 벗어나 모처럼 우리 가족의 오붓한 생활을 무척 반기는 듯했다. 어쩌면 금혼식을 코앞에 둔 결혼 생활 중에 그 때가 제일 행복한 신혼 시절이 아니었나 싶다. 은행 고객들이 창구에 앉아 결재하는 신임 대리인 내게 '와아, 최백호를 닮았네'라고 수군거렸다. 나는 최백호가 당시에 누구인지도 몰랐는데 아주 인기 있는 가수라는 걸 나중에 알았다. 그 분이 요즘 데뷔 50주년 콘서트를 연다고 신문에 크게 기사가 나왔다. 그는 아흔 살까지 계속 노래하고 싶다고 했고 마지막에 '나 죽거든 박수를'하는 노래를 정해 놓았단다. 가사 내용에 '삶의 시간들 칭찬해 주오. 행복했으므로.'라는 구절에 공감이 되었다. 그의 첫 데뷔곡인 '내 마음 갈 곳을 잃어'에 '가을엔 떠나지 말아요. 차라리 하얀 겨울에 떠나요'라는 첫 소절도 마음에 와닿는다. 나의 호가 설경雪景인데 나도 최백호 가수처럼 순백의 겨울을 좋아하는 때문이다. 가수로서 한 우물을 파고 50년을 버텨온 그의 삶의 여정이 대단하게 여겨진다.

인생이란 무대에서 마지막 4막까지 대단원의 막을 내리는 일이란 결코 가벼운 일이 아니다. 사무엘 베케트가 쓴 '고도를 기다리며'라는 희곡에서 두 명의 배우는 하염없이 기다림의 시간을 갖는다. 오늘 그가 안 왔으니 내일, 아니면 모레는 꼭 올 것이라고 기다리는 삶을 보여준다. 우리의 일상생활이 그러한 기다림으로 이어지는 게 아닐까. 반복되는 현실이지만 끝까지 실망하지 않고 포기하지 않으면 언젠가 기다림의 끝이 오리라는 희망 속에 우리는 하루하루 살아가고 있다. 고도가 오지 않는다 해도 여전히 고도는 살아갈 힘을 주는 마음의 근육이 아닐까.

누구에게나 주어진 삶의 무게는 시지포스의 바위처럼 일상의 언덕을 굴려 올라가는 과정인 듯싶다. 묵묵히 버티며 살아내는 삶은 바로 승리의 삶이라고 여겨 충분한 것이리라.

더 나은 나를 향하여

인생의 강을 거의 건너온듯한 시점에서 과연 나는 나다운 조각품이 빚어졌을까. 얼마나 의젓해졌으며 얼마나 더 너그러워진 인품을 지녔을까 자문해 본다. 미켈란젤로는 대리석으로 작업을 시작하기 전에 이미 그 안에 만들어진 조각품이 있고 자신은 다만 그 주변의 돌을 제거할 뿐이라고 했다. 지난 이탈리아 여행 때 베드로 성당에서 감상한 피에타상도 대리석 안에 이미 그런 작품이 숨겨져 있었다는 것인지 놀라울 뿐이다.

트리나 폴러스가 쓴 '꽃들에게 희망을'이란 제목의 동화를 읽어 보면 나비들의 이야기가 펼쳐진다. 노랑 애벌레와 호랑 애벌레는 다른 애벌레들이 높은 기둥을 이루며 하늘로 치솟는 대열에 합류한다. 서로 더 높이 올라가고자 애벌레들끼리 무자비한 경쟁을 벌리며 땅에 떨어져 죽음을 맞기도 한다. 그래도 그들은 아랑곳 없이 오로지 꼭대기 쪽에 뭐가 있겠지 하는 호기심을 갖고 오직 오르기에만 열중한다. 노랑과 호랑, 두 친구는 이러한 생활에 회의를 느끼고 지상으로 내려와 잔디밭으로 돌아온다. 그리고 신선한 풀을 뜯으며 행복한 일상을 누린다. 호랑 애벌레는 다시 싫증을 느끼며 떠나왔던 애벌레 기둥으로 돌아가고 노랑 애벌레는 홀로 남아 있게 된다. 늙은 애벌레 한 마리가 근처에 있는 높은 나뭇가지에 올라 고치를 짓고 걸 발견한다. 무슨 일이냐고 노랑 애벌레가 물어보니 나비가 되기 위해서 그러는 거라고 알려 준다. 마침내 노랑 애벌레도 나무에 올라 자신의 몸에서 비단실을 뽑아 고치를 짓고 부화 과정을 거친다. 이제 화려한 노랑나비로 탈바꿈하여 공중을 날게 된다. 그리고 아직도 애벌레 기둥에서 벗어나지 못한 호랑 애벌레에게 자신의 모습을 보여주며 간절하게 충고한다. 호랑 애벌레도 더 나은 삶이 있다는 걸 깨닫고 땅으로 내려와 나뭇가지에 고치를 만들어 멋진 호랑나비가 된다. 모든 애벌레들에게 자신 안에 숨어 있는 나비의 꿈을 실현할 때 꽃들이 비로소 씨앗을 맺고 아름다운 세상을 이루게 되는 희망을 이야기 한다.

요즘 티,브이 프로에 깊은 산 속에 들어가 살고 있는 자연인들이 많이 소개된다. 그들은 거의 암 같은 질병을 앓았거나 사업에 실패하여 가정이 어렵게 된 지경에 홀로 외롭게 살아가는 파란만장한 사연을 지닌 분들이었다. 최근에 우연히 시청하게 된 자연인 이야기는 백만장자가 잘 나가던 기업을 정리하고 5형제 부부끼리 모여 오순도순 행복하게 사는 모습이었다. 강원도 홍천에 있는 공작산 기슭에서 그들은 형제 공동체로 함께 살되 각자 독립된 생활을 유지하며 부러운 삶을 이어 나가고 있었다. 이들의 중심에 둘째가 리더 역할이었고 성공한 사업자로서 경제적으로 부유했다. 그는 사업에 열중하느라 앞만 보고 여유를 잃고 살아가다가 자신의 모습을 돌아보게 되었다. 물질적으로 성공했지만 개인의 삶이 피폐해졌음을 깨닫고 과감히 사업을 접고 이런 자연인 생활을 택하였다. 계속 돈만 벌었다면 자신이 행복한 삶을 누리지 못할 뻔 했다고 그는 지금의 삶에 만족감을 드러냈다. 지인중에 팔순 후반임에도 사업을 그만 두지 못하고 끝까지 경영하느리 안간힘을 쓰는 모습과 대조적이었다. 그는 바쁘게 사는 일에 익숙해 있기 때문에 당장 손을 놓으면 불안하단다. 쓰러질 때까지 바쁘게 움직이는 현재의 삶이 그의 유일한 취미이고 삶의 보람을 준다고 한다.

나는 직장생활을 53세에 그만두고 어느새 25년이 흘렀으니 항상 얽매인 채 지냈던 생활이 까마득하게 여겨진다. 팔순을 바라보는 인생의 고봉에 올라 지난 삶을 돌이켜 보니 그동안 느림의 삶을 살아온 탓에 경제적으로 한참 쪼그라들었지만 불안감에 염려하고 싶잖다. 그동안 일을 하고 싶어도 능력 부족으로 마땅한 취업도 못하고 수입보다 지출이 많은 마이너스 생활에만 열중했다. 해외여행도 많이 다니고 팔리지도 않는 책을 발간하느라 노후자금이 달랑달랑할 수밖에 없었다. 몸만 건강하면 되고 물질 부자는 아니지만 마음 부자로 라르고의 삶을 추구하며 버텨온 것에 후회는 하고 싶지 않다. 무엇보다 작가가 되고 싶다는 문학 소년의 꿈을 이루었다. 내 안의 애벌레가 고치를 짓고 나비가 되어 날아오른 것으로 여긴다. 나 자신의 발전 향상을 위해 부단히 노력해 온 결과로 운명이 내게 건넨 호의가 아닐까 싶다.

천연기념물

국가가 보호할 가치가 있다고 판정하여 동식물 등 자연 유산을 말하지만 사람 중에도 천연기념물이라 여길만한 사람이 있는 듯하다. 인간 본성을 잃지 않은 채 인간성이 순수하고 향기로운 사람을 오늘의 각박한 세태에서 그리 불러도 무리는 아닐까 싶다.

소녀 할머니는 여든 고개를 넘어서고 있다. 아직 꼬부랑 할머니와 거리가 먼 아주 멋쟁이로 여겨진다. 흰 머리를 염색했는데 은발을 살리되 분홍 색깔이 가을날의 억새풀 같은 은은한 느낌이 난다. 목에 두른 스카프는 연초록색으로 봄날의 싱그러움을 풍긴다. 머리핀과 귀걸이 및 팔찌 같은 악세사리가 조금도 어색함 없이 자연스럽다. 분홍 블라우스와 하얀 바지 차림도 신발과 함께 산뜻해 보인다. 무엇보다 목소리와 표정이 밝고 미소가 넘친다. 마음의 때가 조금도 묻어나지 않은 부드러운 실크 손수건 같다. 50여 년 세월이 흐른 뒤에 처음 대면한 외사촌 형수님의 현주소이다.

한 번 입을 열면 좀처럼 다물어지지 않는 돌돌 구르는 시냇물 소리를 듣는 것 같다. 그녀는 유년 시절을 소환한다. 치악산 자락에서 뛰놀던 어린 시절을 꿈꾸듯 그리움의 나래를 편다. 99칸 부잣집 아이와 동네 친구로 지낸 추억이 바로 떠오른다. 푸른 숲의 연못가에 자리한 부잣집은 언제나 개방되어 있고 부족한 게 없었다. 친구와 가정부가 주인노릇하고 부모님은 무슨 사정인지 서울에 머물고 계셨기에 외로운 친구는 학교 반아이들이 놀러 오는 걸 아주 반가워했다. 봄 여름이면 냇가나 숲사이를 헤집고 다니면 삐비나 찔레 순, 오디 열매 등 간식거리가 지천이었다. 학교 수업이 끝나기 바쁘게 친구들과 어울려 쏘다니며 장난치며 노는 게 그리 재미가 있던 탓에 하루 해가 짧았다. 엄마는 빨리 집에 돌아와 공부도 하고 밥먹으라고 성화를 부렸지만 귀에 들어오지도 않았다. 정말 지치도록 자연과 벗삼아 뛰놀았다. 이러한 생활이 그녀의 내공을 가득 채워준 탓에 항상 밝고 낙천적이고 긍정적인 인생관을 심어 주었다. 대식구의 맏며느리로 시집와서 고된 생활을 이겨낸 원동력이 유년시절의 고삐풀린 망아지 같은 생활 덕분이었다.

소녀 할머니의 마르지 않는 정서는 그대로 시인의 마음이었다. 차오른 마음속의 샘물을 퍼내고 싶지만 표현력이 부족해 항상 갈증을 느끼는 터에 나의 시집을 받아 들고 감동에 빠졌다. 바로 자신이 지니고 있는 언어를 어쩌면 이렇게 잘 끄집어낼 수 있었는지 내게 고맙다고 했다. 감사하다는 성의로 고급 남자용 스카프를 선물해 주었다. 다른 애독자가 내게 '마음의 노벨 문학상'을 준다며 예쁜 엽서 글씨도 받았다 하니 자신과 공감하는 분이라고 했다. 아내와 외숙모, 외사촌 형수님, 나와 넷이서 함께 도봉산 기슭을 산책하는 동안 호기심 많은 어린애처럼 그녀는 길가의 꽃이나 풀, 나무와 새 등 어느 것 하나 그냥 지나치는 일 없이 대화를 나누고 친구처럼 속삭였다.

아스팔트 틈새에서 피어나는 꽃을 보면 '얘야, 너는 물도 없고 흙도 없는 단단한 콘크리트 속에서 어떻게 생명을 유지하니? 장하다 장 해'라고 칭찬해 준다. 느티나무가 하늘로 솟구친 우듬지를 바라보며 '너는 어떻게 그 높은 곳까지 영양분을 길어 나르니? 대단하구나' 하며 격려해 준다. 동네에서 산책할 때 그녀는 무엇보다 지렁이들이 땅속에서 기어 나와 햇볕 아래 말라 죽는 게 안타까워 막대기를 들고 다니며 그늘진 수풀 사이로 밀어 넣어 주는 일을 하다 보면 운동에 지장을 받는다고 한다. 세 바퀴 걸어야할 코스에 지렁이들이 안쓰러워 살려 주다 보면 두 바퀴밖에 돌지 못하지만 그 일을 멈출 수 없다고 한다.

우리는 도봉산 계곡에 앉아 신발을 벗고 물속을 거닐었다. 소녀 할머니는 피라미들이 헤엄쳐 재빠르게 달아나는 걸 보며 어린애처럼 즐거워 했다. 까치가 나뭇가지에서 우는 걸 보며 '얘야, 반갑다. 시끄럽게 해서 미안해'라고 속삭였다. 계곡의 그늘에 많은 사람들이 더위를 피하여 앉아 있지만 주위의 시선은 아랑곳없이 동요를 부르자고 했다. 가장 좋아하는 노래는 고향의 봄으로 자신이 뛰놀던 치악산 자락의 시골 마을을 연상케 하는 가사 내용이라고 한다. 마치 그 시절 소녀로 돌아간 듯한 동요가 계곡에 울려 퍼질 때 사람들의 호기심어린 시선이 모아졌다.

그녀의 남편은 유부남이면서 처녀를 사괴어 가족도 몰래 둘이서 비밀 약혼식을 올렸다. 이를 눈치챈 그녀와 시어머니는 처녀를 찾아내어 설득했고 다행히 심성이 착하여 겨우 헤어지게 하는 데 성공했다. 몇 년이 흘러 우연히 그 처녀가 아기를 업고 지나가는 모습을 길거리에서 마주쳤다. 서로 눈인사만 하면서 대화를 나누지 못했지만 고마운 생각이 들었다고 한다. 시부모는 시어머니가 중풍에 누워 3년 동안 앓고 있어 정성껏 수발하여 돌아가시니 이젠 시아버지가 치매에 걸려 고생하였다. 세월이 흘러 남편도 직장에서 은퇴하고 고혈압으로 쓰러져 눕게 되었다. 병원에 가지 않고 재택치료를 하는 가운데 남편의 마지막을 홀로 지켰다. 그렇게 속을 썩힌 남편은 아내에게 진심으로 사과했다.

'당신에게 너무 미안하우, 남편으로서 역할도 못한 가운데 무엇보다 부모님의 병수발에 고생이 많았수다. 나는 아내를 너무 잘 만났다고 생각하오. 내 잘못을 부디 용서해 줘요. 진심으로 사랑해요.'

아내는 여태까지 쌓이고 쌓인 증오의 감정이 그저 용서되었다는 표현보다 자신의 몸에서 깨끗이 연소되는 걸 느꼈다.

남매를 둔 그녀는 아들이 결혼해 편히 지낼 것으로 기대했지만 손자 두 명을 자신에게 맡기고 며느리와 이혼했다. 부전자전이라고 아들이 바람피우다가 며느리에게 꼬리를 잡혀 버린 탓이었다. 요즘은 자신처럼 아내가 남편의 외도를 쉽게 넘어가지 않는 세대이었다. 결국 두 손자를 맡아 잘 키워내고 지금은 함께 지낸다고 했다.

소녀 할머니는 내가 마음고생이 많았다고 했을 때 오히려 그런 과정이 있었기 때문에 오늘의 내가 존재하지 않았겠느냐고 반문했다. 그리고 자신에게 스스로 칭찬의 말을 속삭인다고 했다.

'너 정말 잘 살아냈어. 그래 괜찮은 인생이야'.

숲속에서 밤꽃 향기가 솔솔 바람에 실려 와 가슴에 안긴다.

지상의 마지막 표지석

그리스 여행을 하다 보면 에게해 건너 크레타섬에 꼭 가 봐야 할 유명 작가의 멋진 무덤이 반긴다. 높은 십자가 밑에 돌 비석의 주인공은 카잔차스키이다. 영화로도 상영된 '그리스인 조르바'의 저자인 그는 비문에 짤막한 세 마디의 글귀를 적어 놓았다.

'나는 아무 것도 바라지 않는다. 나는 아무 것도 두려워 하지 않는다. 나는 자유다.' 그가 그렇게 추구하고자 하던 자유의 진실은 무엇일까 하고 생각해 본다. 아마 살아 있는 동안 아무 거리낌 없이 마음 가는대로 살고자 했을까. 명예나 체면, 신분 등에 구애받지 않고 사랑하고 싶으면 사랑하고 떠나고 싶으면 떠나고 성공이나 실패에도 흔들리지 않고 살아갈 수 있는 용기를 말함일까. 작품 속의 조르바처럼. 그러나 대부분의 보통 사람들은 마음만 있을 뿐 행동으로 나타내지 못하고 보수안전이라는 울타리를 벗어나지 못하고 살다가는 게 아닐까.

기독교 신앙인으로서 나는 '자유의지'라는 말을 좋아한다. 하나님은 에덴동산에 인간을 창조하시고 선악과 열매를 동산 중앙에 심어 놓으셨다. 그리고 모든 것은 자유이되 선악과는 따먹지 말라고 경고하셨다. 얼마든지 강제로 아담과 하와를 속박할 수 있었을 터이지만 그냥 선택권을 주셨다. 하나님의 명령을 어기는 것은 자유이되 그에 따른 책임은 짓게 했다. 결국 잘못된 선택에서 인간은 죄를 짓고 에덴동산에서 추방당했다. 우리를 로봇 인간으로 여기지 않고 자유의지를 주는 것으로 하나님의 지극한 사랑을 표현하셨다. 무덤의 묘비명을 '나는 자유다'라고 외쳤지만 카잔차스키는 그런 삶을 살아내지는 못했을 것이다.

고전 음악의 천재인 모차르트는 그토록 유명한 명곡을 많이 남기고 후세인들에게 존경과 사랑을 받지만 그의 무덤은 존재하지 않는다. 35세의 짧은 생이지만 그의 개인적 삶은 불행했고 어쩌면 실패한 삶처럼 여겨진다. 예술과 삶이 일치할 수 없지만 그는 사치와 도박에 빠졌고 낭비가 심했다. 아내도 현모양처와는 거리가 멀었고 아이가 여섯 명 중에 네 명이 죽을 만큼 양육에도 신경 쓰지 않았다. 모차르트가 갑자기 전염병으로 죽게 되어 장례식을 치르던 날에 날씨가 춥고 눈이 내렸다. 조문객들은 장지로 가다 말고 집으로 돌아가자 그의 아내도 그들과 함께 귀가 했다. 장의사가 혼자 리어카를 끌고 가다가 공동묘지 어디에 버렸기에 아무도 그의 무덤을 알지 못했다고 했다. 다른 사람은 몰라도 아내가 끝까지 장지에 따라가야 하는데도 돌아선 점이나 그를 존경하고 따르는 조문객들 중 한 명도 없었다니 그의 인품이 생전에 어떠했는지 짐작케 한다.

21세기를 살아가는 지금 시대에 고인의 죽음을 기리는 삼일장은 너무나 길다는 여론도 제기된다. 젊은이들의 결혼 기피 현상으로 인구는 줄고 고령화 시대에 빈소를 지키는 유가족들의 입장에서 조문객도 옛날 같지 않고 숫자가 줄어들고 있는 현실이다. 남매를 둔 우리 부부도 이제 고령화의 길을 걸어가고 있으니 장례식을 어떻게 치를까하는 걱정이 슬슬 마음 한구석을 차지한다. 부부중 누가 먼저 세상을 떠날지 알 수 없다. 그렇지만 확실한 건 둘 중 누가 앞서거니 뒤서거니 정든 세상에 마침표를 찍게 된다. 나를 먼저 보낸 아내이거나 아내를 먼저 보낸 나는 쓸쓸하게 장례 절차를 마무리하고 어떤 무덤의 형태로 추모 공간을 마련하게 될 것이다. 아무리 유언을 남긴다 해도 자녀들은 스스로의 판단이 중요하다고 여길 것이다. 바쁘게 돌아가는 세상살이에서 성묘를 자주 다니는 것도 불가능할 것이고 무엇보다 교통상황이 좋은 근거리를 선호하는 것 같다. 고향의 시립 공동묘지에 가족무덤을 준비해 놓았지만 서울에서 그 먼 곳까지 어찌 다니느냐고 아이들은 질색한다. 죽은 뒤엔 그들의 의사결정이 절대적이니 뭐라 탓할 수도 없는 듯하다. 화장한 뼛가루가 아무 데나 뿌려지지 않고 그래도 기억할 수 있는 일정 장소에 머물 수 있다면 그만인 듯싶어 좋은 쪽으로 생각하려 한다. 거의 화장 문화가 대세이니 매장은 바랄 수 없고 납골당으로 할지 수목장으로 할지 모르지만 명당은 아니더라도 지자체나 교회에서 관리하는 장소이면 될 것 같다. 옛 어른들은 죽기 전에 미리 묫자리를 준비하는 두는 게 가장 큰 일로 여기지 않았던가. 이젠 장례제도가 바뀌어 화장후 유골 가루를 바다나 산에 산골하는 일도 허용되었다. 모차르트처럼 흔적도 없이 허망하게 사라지기보다 정든 이 세상에 그래도 다녀간 흔적으로 어디이든 간단한 표지석이라도 남겨야 하지 않을까. 생각하면 지구촌에 다녀간 그 많은 사람들이 한 줌의 흙이나 먼지로 날아가 버리지 않았을까. 현충원에 가 보면 무명용사들의 비석이 수도 없이 세워져 그래도 가족들의 추모 공간이 되고있는 걸 보면 얼마나 그들에게 위로가 되랴. 이름도 빛도 없이 전쟁터나 여러 재난, 전염병으로 죽어간 지난 역사의 무명인들에 비하면 그들은 얼마나 시대를 잘 타고난 행운을 누리는 게 아닐까 싶다. 카잔차스키처럼 멋진 묘비명을 가질 수 없지만 뭔가 의미있는 한 마디라도 던지고 싶은 나의 욕심은 있다.

'나는 충분히 잘 살았다. 이만하면.'

한 해가 저물어가는 겨울철 거리는 을씨년스럽다. 가로수 잎들이 앙상한 가지만 남긴 채 서둘러 도로 위에 깔린다. 마른 잎들은 정처 없이 바람결 따라 휘날리며 아무데서나 그들의 안식처를 찾는다. 바로 머무는 그 자리가 자신의 고단한 몸을 눕힐 장소일 뿐이다. 동식물의 세계는 목숨을 다 하면 소리 없이 사라질 뿐 어떠한 흔적도 필요치 않다. 오로지 사람만이 삶의 자취를 남기려는 동물이다. 나의 진정한 죽음의 표지석은 작가로서 나의 저서들, 일기처럼 쓴 블로그의 글, 사랑하는 자녀, 그리고 나를 기억해 줄 수 있는 지인들의 가슴이 아닐까 싶다.

망치를 든 철학자

사람이 한세상을 살아가는데 어떤 길을 선택하느냐가 자신의 행복을 결정짓는 듯하다. 목사의 집안에서 태어나 철학의 길로 들어선 니체(1844년~1900년)는 결국 광기에 사로잡혀 죽음을 맞이했다. 세계의 유명한 화가인 반 고흐나 소설가 헤르만 헤세도 목사 집안의 출신임에도 전혀 다른 예술 분야로 발을 딛고 성공한 삶에 이르렀다. 내가 잘 아는 훌륭한 목사님은 4대째 아들 목사를 세우려 무척 노력했지만 뜻을 이루지 못하고 안타까워하였다.

니체는 그의 저서인 '자라투스트라는 이렇게 말했다'에서 '신은 죽었다'를 외치며 초인 사상과 영원회귀 사상을 주장한다. 자라투스트라는 조로아스터교(고대 페르시아종교. 배화교)의 창시자로 그리스식 발음으로 조로아스터(B.C 660 -)와 같은 이름으로 예언자이었다.

- 전에는 최대의 모독이 신에 대한 모독이었다. 그러나 신은 죽었다. 그리고 신과 함께 이러한 모독자들도 죽었다. 이제는 대지를 모독하는 것과 불가사의한 존재를 대지의 의미보다 더 높게 평가하는 것이 가장 두려운 모독이다. (니체 저. 자라투스트라는 이렇게 말했다에서.)

니체가 40세 전후에서 집필한 초인超人이란 개념은 현명하고 선한 이상적 인간이다. 초인은 모든 고뇌와 죽음을 초극한다. 영원회귀는 같은 우주가 무한히 처음으로 동일하게 돌아가는 것을 의미한다. 즉 나의 삶이 끝나고 정확하게 나의 삶을 그대로 다시 살게 된다. 힌두교나 불교에서의 윤회輪廻라는 개념과 다르다. 윤회는 다른 존재로 환생하는 것이지만 영원회귀는 지금 자신의 삶을 무한히 반복하는 것이다. 니체는 어찌 생각하면 우리에게 끔찍한 윤회를 말한다. 내가 살아온 지금까지의 오랜 생애보다 지금 살아가고 있는 이 순간이 훨씬 긴 시간임을 알려 준다. 즉 기존의 한 생애보다 순간의 삶과의 가치를 뒤집는다. 이 순간이야말로 내 평생의 삶보다 훨씬 길고 무한히 반복될 영원회귀의 시간임을 강조하고 의미를 부여한다. 바로 이것을 깨닫는 사람이 초인의 모습이라고 한다.

니체는 근대의 서구 문화 전체를 부인하고 뒤집어엎고자 했으므로'망치를 든 철학자'라는 별명을 들었다. 그는 소크라테스로부터 시작되는 서구 이성 중심주의 철학과 예수 이후의 그리스도교를 비판한다. 소크라테스의 제자인 플라톤은 절대적이고 보편적이며 불변하는 진리의 세계로서'이데아'를 제시했다. 현상 세계는 모두 이데아의 그림자일 뿐이라고 했다. 유일신 사상의 그리스도교도 이러한 관점에서'대중을 위한 플라톤주의'라고 규정했다. 그는 주인과 노예의 생활 방식에 관해 설명한다. 주인의 도덕은 지배자 계급의 도덕으로 진취성과 확실성, 결단력, 창조력 등이라면 노예의 도덕은 겸손, 근면, 친절, 순종, 질서의 순응 등이 강조된다. 순종적이고 겸손하고 착해야 하는 계급은 노예 계급이다. 이러한 노예 도덕의 본질이 분노와 원한임을 밝히고 주인이 되지 못하고 주인에게 현실적으로 복수하지 못하는 억눌린 노예들의 원한이 그들의 도덕 본질이라고 인정함으로 건강하지 못한 도덕이었다. 오직 신에게 복종을 강요하는 그리스도교는 바로 이 원한의 도덕을 근본으로 한다고 주장한다. 유대인에게서 발생한 그리스도교가 원한의 도덕관을 뿌리 깊게 심어 놓았기에 억눌리고 금욕적이며 겸손하고 희생하는 건강하지 못한 사람들로 유럽이 병들어 가고 있다고 니체는 결론지었다. 결국 신이 죽어야 건강한 도덕이 살아난다고 믿었다. 이러한 처방을 내놓은 그의 책이'자라투스트라는 이렇게 말했다'에서 초인주의를 내세우고 지금 이 순간의 가치를 깨닫도록 한다.

평생 독신으로 쓸쓸한 삶을 살았지만 니체에게도 37세에 가슴 아픈 사랑이 있었다. 상대는 청혼까지 했지만 거절당한 러시아 태생의 루 살로메로 세기적 지성들의 영혼을 두드린 유명한 여인이었다. 그녀는 니체에 이어 시인 릴케, 정신분석학자 프로이트와 만남과 헤어짐을 이어 간 것으로 알려졌다. 그러한 남성편력으로 그녀는 이미 유명 인사가 되었고 그들에게 소중한 창작의 영감을 주었다. 니체도 그녀와 헤어지고 나서 스위스의 조용한 산장에서 '짜라투스트라는 이렇게 말했다'라는 명저를 탄생 시켰다. 프로이트는 그녀를 정신 분석의 시인이고 자신은 산문가라고 자평했다.

참회록을 쓴 아우구스티누스(354년~430년)는 이교도인 아버지와 독실한 크리스천인 어머니(모니카) 사이에서 태어났다. 젊은 시절에 방탕한 생활을 하며 마니교에 심취하고 여자와의 사이에 사생아를 두기도 했지만 모니카의 눈물겨운 기도와 노력으로 회심하고 초기 기독교 이론을 정립하는 데 기여했다. 그는 신을 아는 지식만이 불멸의 지혜를 제공할 수 있다고 믿었다. 신의 도움 없이는 잘못된 욕망에 이끌려 갈 수밖에 없는 인간의 무기력함을 고백했다. 그는 자신의 잘못된 길에서 돌아서는 용감한 결단력으로 니체와는 전혀 다른 기독교 진리를 받아들이고 신앙의 삶에 이르러 행복할 수 있었다. 심오한 철학적 사고나 어떤 기발한 이념이 인간을 행복으로 인도하는 것 같지 않다. 칼 마르크스(1818년~1883년. 독일 사상가)나 레닌(1870년~1924년. 러시아)의 공산주의 이념과 사회주의 운동이 잘못됐다는 것은 이미 지나간 역사가 증명하고 있다.

목사님은 교회 설교에서 신앙이 성장하려면 성경에 있는 말씀을 따지지 말고 그냥 믿고 따르라고 하신다. 그러다 보면 성경의 진리가 차츰 내게 깨달아질 것이라고 한다. 사실 그러한 것 같다. 머릿속으로 이해되지 않는 부분이 있어도 가슴으로 믿고 나아가면 평안이 찾아온다. 어떠한 경우에도 하나님이 나를 지켜 주고 인도해 주심을 믿고 감사함으로 마음의 평안을 누리게 한다고 할까. 니체는 망치를 든 철학자로서 행복을 느끼지 못하고 정신착란을 일으켜 죽었다는 사실이 충격적이 아닐 수 없다. 반면에 키에르케고르(1813년~1855년, 덴마크 철학자)는 신앙을 지닌 철학자로서 그의 고백에 귀를 기울이게 한다. 영원한 진리와 만나는 것 자체가 이성 너머에 있으며 신앙을 선택하여야 비로소 거기에 도달할 수 있다.

제³부

청령포,
그 비운의 넋

길이 보이지 않더라도

카페 창밖엔 눈송이가 희끗거리더니 금세 펄펄 쏟아진다. 이런 멋진 날을 만나기란 쉽잖다. 삭막한 겨울을 보내면서 흰 눈이 만들어 내는 풍광은 위로를 건네는 선물인 듯싶다. 나와 차를 나누며 마주한 팔순 초반의 이웃 할머니가 이윽고 눈송이를 바라보며 말문을 연다.

그러니까 그녀의 11세 때로 돌아간다. 아버지는 시골에서 장녀인 딸을 화물차에 태워 상경했다. 변두리의 어느 판잣집 촌에 딸을 버리고 휙 사라져 버렸다. 노름에 빠져 있던 아버지는 약간의 사례를 받고 자신이 아는 집에 딸을 데려다 주었다. 그녀는 보모 생활을 하면서 얼마쯤 지냈지만 주인댁의 사정으로 그만 둘 수밖에 없었다. 결국 근처에서 노숙자 생활을 하면서 어디서 구한 군용 담요 한 장으로 남의 집 처마 밑에서 밤을 새우고 추위에 떨어야 했다. 이를 보다 못한 이웃집 아주머니가 자신의 쌍둥이 아기를 보게 하고 숙식을 제공했다. 아주머니는 바느질로 생계를 이어 나가는 분이라 아기를 돌볼 시간이 없었다. 이것도 다행으로 여기고 그녀는 17세 될 때까지 6년 동안 아기에 매달려 녹초가 되는 생활을 했다. 그녀는 울고 보채는 쌍둥이 아기에게 질려 나이 든 후에도 아기라면 질색을 하게 됐다.

그녀는 아이들이 성장하여 더는 그 집에 머물 수 없어 결국 시골집에 돌아가기로 작정했다. 그래도 부모 형제들이 반갑게 맞아주려니 했다. 어렵게 기억을 더듬어 찾아간 고향집은 그대로였지만 식구들의 분위기는 냉담했다. 아버지는 왜 돌아왔느냐는 식으로 호되게 윽박지르며 그녀의 뺨따귀를 두 차례나 휘갈겼다. 하마터면 턱이 돌아갈 뻔 했지만 그녀는 집을 뛰쳐나가지 않았다. 어머니도 형제자매들도 그녀를 따뜻하게 대해주지 않은 채 모진 세월을 견뎌냈다. 그런 가운데 주변 사람의 중매로 서울에 있는 부잣집 후처로 들어가게 되었다. 전처의 자식이 사내아이만 두 명이었는데 어찌나 억세고 반항적이어서 더는 견디지 못하고 이혼해 달라고 했다. 남편이 절대 안 된다고 했지만 자살 시도 끝에 겨우 허락을 받았다. 다행히 남편은 그녀에게 위자료도 서운치 않게 건네주는 호의를 베풀었다. 남편에게 얻은 딸 한명을 데리고 나와 온갖 궂은 일도 마다하지 않고 악착같이 살았다. 새댁이 아이 키우며 고생하는 걸 안쓰럽게 본 이웃집 아주머니가 두 번째 남편을 소개해 주었다. 그는 노총각으로 형수님 댁에서 빈둥거리며 지낼 뿐 확실한 직장이 없었다. 형수가 볼 때 돈 많은 이혼녀로 잘못 알고 시동생을 억지로 밀어낸 셈이었다. 남편은 결혼해서 딱 한 번 월급을 갖다주고 그만이었다. 가장으로서 역할을 전혀 하지도 못한 채 아들 한 명만 둘 사이에 태어났다. 남편은 알콜 중독자로 변해 결국 신장이 망가져 요양병원에서 일 년 이상 투병 생활하다가 그만 세상을 등졌다. 그녀는 남편이 다른 남매를 키우며 청소부나 식당 일, 노점상 등 닥치는 대로 일하며 생활비와 교육비를 충당했다. 그런 보람으로 딸은 무역회사에 취직하여 근무하던 중 얼굴이 고운 편이라 사내 결혼으로 믿음직한 사위를 얻었다. 사위가 인도네시아에 파견 근무하면서 회사를 그만두고 현지에서 단독 사업을 벌려 크게 성공했다. 아들은 머리가 명석하여 서울대학에 합격하여 미국으로 유학을 떠나 공학 박사 학위를 취득하여 국내 모 대학 교수로 재직한다. 누가 뭐래도 자식 농사를 잘 지었으니 이제 어깨를 당당히 펴고 살 수 있게 됐다. 젊은 나이에 너무 고생을 많이 한 탓에 몸이 부실해지고 허리가 아파 지팡이를 짚고 겨우 걸어 다닐 지경이 되었다.

　창밖에 펼쳐진 설경을 눈멍하며 그녀는 한 편의 드라마 같은 지난 세월을 풀어내느라 눈가에 이슬이 맺혔다. 그녀는 고령이지만 몸만 성하면 잠시도 집에 있지 않고 자유로운 새가 되어 훨훨 날아다니고 싶단다. 누구나 젊어선 고생하더라도 노후엔 평안하기를 바란다. 그녀는 다시 가슴을 무겁게 하는 상황에 부딪힌다. 인도네시아에서 잘 나가는 사업가로 남이 부러울 만큼 지내던 딸 부부가 최근에 절망에 빠져 있다. 사위가 골프를 치던 중 갑자기 뇌출혈로 쓰러져 국내 종합병원으로 이송돼 중환자실에서 지내고 있다. 벌써 6개월째 의식불명으로 의사는 가망이 없다고 선언한 상태이다. 딸의 상심이 무척 큰 게 오히려 걱정이다. 아무도 만나지 않으려 하고 식사도 거르고 남편 옆을 지키며 훌쩍이고 있을 따름이다. 그녀는 이런 딸에게 따끔한 한마디를 하지 않을 수 없었다. 너는 그래도 결혼해서 30년 동안 행복하게 살지 않았나. 이 에미를 봐라. 남편 복이라곤 전혀 누리지 못했다. 이제 체념하고 남은 세월 살아가려면 돌봐 줄 자식도 없는데 네 몸을 스스로 추슬러야 해. 온실 안 화초처럼 오로지 남편의 그늘 아래 살아왔으니 자신과 비교해 너무나 대조적인 삶이 아닐 수 없다.

　황가람 보컬 가수가 자신이 성공하기까지 20여 년 지내온 시절을 털어놓는 티.브이 인터뷰를 보았다. 시골에서 고등학교만 졸업하고 상경하여 음악의 본고장이라 여겨지는 홍대 주변에서 생활했다. 가난하여 숙소를 구할 수 없어 공원 벤치에서 5개월 동안 노숙자 생활을 했다. 겨울철엔 벤치에서 웅크리고 자는 게 너무 추워 죽을 것 같아 어느 찜질방 옥상으로 올라가 굴뚝 밑에 자리하고 온기를 느꼈다. 낮에는 알바 자리를 얻으려고 뛰어다니며 생활비를 벌어야 했다. 가수의 꿈을 이루기 위해 시끄러운 보도나 서울역 근처에서 걸어 다니며 꾸준히 목청을 단련했다. 어렵게 모은 돈으로 옥탑방을 하나 얻으려 했지만 포기하고 주택가 지하 창고를 숙소 겸 노래 연습실로 마련했다. 며칠 전 타계한 트롯 가수 송대관의 히트곡처럼 그에게도 쨍하고 해뜰 날이 돌아왔다. 자신의 삶을 담은 '나는 반딧불'이란 노래가 크게 히트했다.

하늘에서 떨어진 별인 줄 알았어요.
소원을 들어주는 작은 별
몰랐어요. 난 내가 개똥벌레라는 것을
그래도 괜찮아. 나는 빛날 테니까.
(황가람 작사.노래. 나는 반딧불 2절)

고난과 역경을 딛고 마침내 해 뜰 날을 맞이한 사람들을 보면 창밖에 내리는 함박눈처럼 한없이 축하해 주고 응원의 박수를 보내고 싶다. 눈에 덮여 전혀 길이 보이지 않더라도 눈이 녹으면 다시 나타나는 길이었다.

부산, 해파랑길에서

시월의 마지막 날을 붙잡기 위해 훌쩍 서울역을 떠나 기차 편으로 부산에 도착했다. 한반도 남쪽 끝 지점으로 자갈치 시장이나 국제시장이란 이미지가 얼른 떠오르는 최대의 항구도시이고 6.25라는 비참한 전쟁도 생각나게 한다. 유일하게 낙동강 전선을 펴고 북한군과 대치하여 맥아더 장군의 활약으로 기사회생하듯 살아남은 역사이다. 전국에서 피난민들이 꾸역꾸역 밀려와 아수라장을 이루고 산동네에서 고달픈 생활을 이어가야 했던 도시의 흔적이 아직도 영도다리 같은 만남의 장소인 듯하다.

부산 서구에 있는 송도 해수욕장에서 하룻밤을 묵은 다음에 해파랑길 첫 코스를 걷기로 했다. 송도 해수욕장은 우리나라 최초의 해수욕장으로 일제시대에 만들어졌다. 해운대 해수욕장은 너무 시내와 멀리 떨어진 거리라서 서민들의 접근성이 어려워 도심 가까운 이곳이 인기를 누렸다. 고등어 축제가 예정돼 있어서인지 모래사장은 조가비 껍질도 전혀 보이지 않고 쓰레기도 눈에 띄지 않을 만큼 청결함이 돋보인다. 구름낀

날이 햇볕을 차단한 탓으로 대마도가 수평선 너머 모습을 드러냈다. 저 섬이 사실은 조선시대에 세종대왕이 왜구를 토벌하기 위해 우리 군사를 보내 대마도주의 항복을 받아 내고 꼼짝 못하게 했다. 훌륭한 임금인 그가 대마도에 조선 총독을 파견하여 다스려왔다면 우리 땅이 될뻔한 가능성도 있지 않았을지 아쉽게 여겨진다. 일본은 아직도 독도를 자기네 땅이라고 억지 주장을 해 오고 있는 형편인데.

송도에 살고 있는 오랜 문우를 만났다. 그는 수필가로 등단했지만 다시 소설가로 등단하여 벌써 4번째 소설집을 발간할 만큼 왕성하게 작품활동을 하고 있다. 해변 가 고층 아파트에 사는 그의 서재에 들려보았더니 베란다 창문으로 바다가 훤히 내다보인다. 글을 쓰다가 막히거나 머리를 식히고 싶을 때 창밖을 바라보면 다시 개운한 기운이 돌아온다고 한다. 아마 누구나 갖고 싶은 최고의 집필실이 아닐까 싶다. 그의 자녀들은 해외에 나가 살고 노부부만 달랑 지내고 있다. 부인이 원고를 쓰면 첫 번째 독자이고 맞춤법 교정도 척척 봐준다고 하니 부러울 뿐이다. 그는 부산 수산 대학을 나왔는데도 해양업에 종사하지 않고 육지에서 의류 사업을 했다. 나이가 들어 고향으로 돌아와 작가로서 멋진 삶을 일구어 가는 모습이 행복해 보인다.

오륙도 해맞이 공원을 출발하여 해안 절벽길을 따라 해파랑길이 아름답게 펼쳐진다. 모두 6개의 섬이 밀물이 닥치면 한 섬이 물에 잠겨 5개로 보인다는 오륙도 섬이 코 앞이다. 해파랑길 전체 구간이 50개 코스로 나뉘어져 이곳에서 강원도 고성 통일전망대까지 이어진다. 우리나라도 스페인의 산티아고 길처럼 유명해지기를 바라는 K-둘레길 (750km)이 삼면의 바다와 비무장지대까지 남한 국토를 한바퀴 돌수 있도록 연결되었다. 요즘 우리나라의 천년 고도인 경주에서 열리는 APEC에서 외국인들에게 K-문화는 물론 아름다운 국토 순례길도 알려졌으면 좋겠다.

해파랑길의 시작점인 부산구간 제1코스는 남해 바다를 따라 걷는 해안 절벽 길이 송림과 어울려 절경을 이룬다. 조금도 지루할 틈이 없는 바닷길 산기슭에 구절초나 감국꽃이 피어나 늦가을의 정취를 물씬 풍긴다. 딱딱한 바위 모서리에 자리를 잡고 피어난 감국꽃 한 송이가 대단하게 여겨진다. 수평선 너머 불어오는 해풍이 보랏빛 구절초 꽃송이를 쓰다듬는다. 잔잔한 파도가 밀려와 절벽 바위를 철썩대는 소리가 피곤한 발걸음을 가볍게 해 준다.

오르막 내리막길을 걷기도 하고 오솔길이 펼쳐지기도 하고 나무 데크길이 놓인 구간도 있어 발걸음을 편하게 한다. 전망대 벤치에 앉아 아득한 수평선을 바라보면 얼마나 많은 탐험가들이 배를 타고 바닷길을 개척했는지 그들의 용기와 도전

정신이 존경스럽다. 역사상 아메리카 신대륙을 발견한 컬럼버스를 생각하면 정말 위대한 인물이 아닌가 싶다. 나는 바다를 바라보는 건 좋아하지만 어찌나 체질상 멀미가 심한지 배 타는 일은 언제나 두렵고 꺼려진다. 아내도 여객선을 타고 8시간가량 걸리는 섬마을에서 3년 동안 교사 생활로 고생했다. 주말이면 도시 집으로 돌아오고 다시 출근해야 하는 뱃길이 너무나 힘들고 악몽이었는지 섬 여행을 싫어한다. 최근에 타계한 나와 이웃 동네에 살았던 이생진 시인은 섬 시인으로 유명했다. 교장으로 퇴직한 후 여러 섬을 찾아다니며 섬과 바다를 소재로 많은 시를 발표했다. 위험하기도 하고 불편한 섬 여행을 다니며 어떻게 노후를 보냈는지 대단한 분으로 여겨진다.

해파랑 코스 중 이기대 공원이란 구간에 발길이 머문다. 이기대二妓臺라는 지명은 박상호라는 시인의 글에 두 명의 젊은 기녀가 왜장을 껴안고 바다에 투신자살한 내용을 적어 놓았다. 진주에 가면 논개가 왜장을 껴안고 바위에서 바다로 떨어져 죽은 충혼을 기리고 있듯 비슷한 이야기가 아닌가 싶다. 그런 애국심으로 꽃다운 여인의 희생을 추모하듯 남해 바다의 빛깔은 유난히 파란 가운데 보석 같은 윤슬로 반짝인다. 이기대 구름다리는 절벽길에 바다를 가로질러 명소라는 생각에 더욱 인상적인 코스로 느껴진다. 군데군데 설치된 쉼터 전망대에서 망망대해를 바라보면 세상 살아가는 일이 작게만 여겨지고 인간 존재의 물거품을 자각하게 한다. 지구라는 별은 5대양 6대주로 2/3가 바다로 구성돼 있어 그 광활함에 놀랄 뿐이다.

헤아릴 수 없는 세월 동안 파도와 바람이라는 침식작용을 거쳐 겨우 버티고 있는 주상절리도 눈에 띤다. 바위틈에 뿌리를 내리고 노랑 꽃을 피워낸 한송이 풀꽃이 얼굴을 내밀고 '나, 해냈어요'하고 인사를 건넨다. 시월의 마지막 햇살이 축하하듯 꽃잎에 머물러 입맞춤을 한다. 해파랑 첫 코스의 마지막 종점인 동생말에 이르니 해운대 도시가 건너편에 펼쳐진다. 고층빌딩과 아파트군이 시원한 해수욕장과 함께 부산의 명소답게 시선을 잡아끈다. 바다 위를 가로지르며 힘차게 뻗어나간 광안대교에 콘테이너 차량들이 줄을 잇고 오가는 모습에 이 나라 최대의 수출항임을 실감케 한다. 한반도의 남단에서 해파랑길을 걷는 것으로 시월이여, 안녕을 속으로 외쳐 본다.

무의도 기행 - 인천

인천 공항에서 가까운 서해 바다인 무의도와 실미도, 을왕리 해수욕장이 있다. 무의도에서 접근성이 좋은 하나개 해수욕장은 해안 데크 길이 펼쳐져 걸어 보았다. 한낮의 땡볕에 그늘도 없고 달구어진 데크 바닥이 맨발로 걷기엔 고역이었다.

모래사장도 숯불처럼 뜨거워 더는 걷기를 포기했다. 동해안에 비해 경사가 완만한 갯펄이 넓게 자리하여 안전하게 해수욕을 즐길 수 있는 장점이 있다. 달의 인력 때문에 밀물과 썰물이 들락거리는 현상이라곤 하지만 언제나 광활한 바다가 부리는 요술 같았다. 가이 없는 수평선을 바라보며 바다 멍에 빠져 있는 갈매기들의 고달픈 삶이 측은한 느낌으로 다가온다.

잠자도에서 무의도로 가는 뱃길이 끊어지고 다리가 놓여 관광객들이 줄었다는 실미도를 찾는 길은 적막했다. 승용차만 가끔 오가는 직선도로의 깔딱 고개를 걸어가느라 비지땀이 쏟아진다. 산자락에 이르러 칡넝쿨이 우거져 보랏빛 칡 꽃 송이를 보는 것으로 잠시 숨을 돌렸다. 나처럼 험한 고갯길을 넘어 걸어오는 사람은 눈에 띄지 않았다. 이번 여행에서 꼭 실미도를 놓치고 싶지 않았던 이유는 이곳이 영화 촬영지이고 2003년도에 개봉한 영화로 천만 관객을 돌파한 기록을 세웠다. 1960년대와 1970년대에 걸쳐 남북 간의 긴장고조로 북한 김일성이 박정희 대통령을 암살하기 위해 김신조 사건(1968.1.21.)을 일으켰다. 이에 대응하기 위해 정부는 김일성 암살을 위한 특수부대(684부대)를 조직하여 지옥 같은 훈련을 실시했던 현장이 바로 이곳이다. 부대원 구성은 범죄자이거나 사형수, 사회에서 버려진 사람들로 혹독한 훈련을 통해 정신무장을 강화했다. 그들은 오직 국가에 충성하면 다시 자유를 찾을 수 있다는 희망으로 훈련에 복종했다. 그러나 정치적 상황이 바뀌면서 김일성 암살 작전은 취소 되고 그들은 오갈 데 없는 처지가 된다. 결국 1971년에 집단으로 부대를 탈출하여 폭동을 일으키고 청와대로 진격했으나 대부분 사살되거나 처형 된 비극적 사건으로 끝났다. 한 마디로 권력의 희생양이 된 그들의 아픈 상처를 보여 준 현장이 아닐 수 없다.

무의도 해변에서 실미도까지 가는 길은 썰물 때 만들어진 기적의 바닷길이 펼쳐져 성경에 나오는 홍해 바다에서 벌어진 모세의 기적을 연상케 했다. 섬 기슭에 하얗게 빛나는 봉분처럼 굴껍질이 무더기로 쌓여 있었다. 그날의 역사적 비극은 기억에만 남아 있을 뿐 현장을 볼 수 있도록 당시의 부대 병영을 찾기란 불가능했다. 산 아래 당국의 경고판에 '출입금지'라는 팻말이 세워져 있고 숲에 덮힌 섬 안을 탐방하는 일은 허락되지 않는다. 만조 시각에 맞추어 서둘러 모세의 길을 빠져나오는 데 젊은 부부 관광객이 내게 말을 건넨다. 어르신은 혼자 여행 중이세요, 나는 자유로움을 좋아하기에 그런다고 했더니 그들은 고갤 갸우뚱했다. 사실 나처럼 고령자가 홀로 여행 다니는 일은 드물어 보이리라. 외로운 것은 참아낼 수 있지만 가장 안 좋은 점은 식사할 때와 숙박할 때인 듯 했다. 식당에서 혼자 음식을 주문하면 손해를 보는 건지 꺼려하고 숙박업소에선 자살 같은 사고가 날지 의심의 눈초리로 바라보며 거절

당한다.

　시골 버스 정류장에서 차를 기다리는 일이 따분하다. 언제 올지 모르거니와 배차 간격이 멋대로인 탓에 그저 답답하고 지루할 뿐이다. 그런데 나처럼 혼자 실미도에 다녀오는 한 분이 땀을 뻘뻘 흘리며 내 곁에 앉는다. 내가 먼저 말을 건네니 경계심 없이 서로 대화가 통했다. 나와 비슷한 연배로 그는 인천 지역에 거주하고 자녀들도 모두 출가하여 부부만 함께 지낸다. 부인은 여행 다니기를 싫어하여 혼자 다니지만 역시 친구들과 어울려 다니는 게 재미도 있고 좋을 것 같단다. 그는 묻지 않아도 자신의 가정사를 스스럼없이 내게 털어놓는다. 아버지가 지독한 술주정뱅이에 노름꾼이라서 할아버지 대에 물려받은 농토를 모두 팔아 치웠고 자녀들에게 교육도 신경 쓰지 않았다. 그는 겨우 초등학교만 마친 상태였다. 일곱 살 때 어머니가 자살해 버린 탓으로 그의 어린 시절은 참으로 서러웠다. 아버지가 노름에 빠진 현장을 쫓아가서 어머니가 잔소리를 하니 여러 사람이 보고 있는데 아버지가 뺨을 때렸다. 수치심에 어머니는 그 길로 집으로 돌아가 그만 목을 매달아 버렸다. 그는 아버지에 대한 트라우마에도 좌절하지 않고 악착같이 돈을 벌어 두 자녀를 출가시키고 행복한 가정을 일구어냈다. 살아오는 동안 술을 한 모금도 입에 대지 않으며 결코 아버지와 같은 삶을 살지 않겠다고 다짐했기 때문이다. 하늘은 스스로 돕는자를 돕는다고 역경을 이겨낸 그의 인생 스토리가 참으로 감동적이었다.

서해안은 일몰의 명소가 많은지 을왕리 해수욕장에서 바라보는 여름날의 낙조가 일품이었다. 동화 속 어린 왕자처럼 해안가 바위에 걸터앉아 수평선 너머 붉은 장미꽃이 곱게 시드는 풍경에 넋을 잃었다. 한낮의 폭염에 녹초가 된 만물을 위로하듯 지는 해는 황홀한 노을 꽃을 선물했다. 유원지에서 내가 하룻밤 묵은 모텔 주인은 노부부가 한가롭게 경영하고 있었다. 85세인데도 할아버지는 목소리가 카랑카랑하고 부지런한 분으로 여겨졌다. 자신의 인생 스토리를 내게 털어놓으며 윗옷을 걷어 올려 무려 9번이나 수술한 아랫배의 끔찍한 흉터를 보여 주었다. 젊은 날에 건축 일을 하면서 목구멍으로 부주의한 타에 무슨 가스를 잘못 흡입하여 식도가 망가져 버렸단다. 현대 의술의 힘이 아니었으면 벌써 저세상 사람이 될 뻔했다면서 할아버지는 행복한 웃음을 터뜨린다.

여행에서 감동을 주는 것은 관광지의 풍경이 아니라 길에서 만난 사람들의 인생 이야기인 듯했다. 나는 지금까지 기회 닿는 대로 국내외 여행을 많이 즐겼다. 여행만이 나의 자유로운 영혼의 안식처이었다.

백제의 향기 - 익산

한 해라는 열차는 다시 쉬지 않고 달려 수많은 역을 거쳐 달려간다. 나도 고희 역을 지나 이제 망팔 역에 이를 예정이다. 지나온 역마다 추억이 새겨 있지만 무엇보다 내 인생의 전환점이 된 익산역을 찾게 된다. 45년 전에 지방 발령을 받아 은행 대리로 부임한 그때가 내 인생의 화양연화인 듯싶다. 어머님을 모시고 여동생 부부 집에서 보낸 신혼 시절은 불편했고 힘든 생활이었다. 해방감으로 들뜬 아내와 연년생으로 태어난 남매를 데리고 우리 가족은 모처럼 웃음꽃을 피울 수 있었다. 한 살 된 딸과 갓난애였던 아들이 어느새 중년 고개에 이르렀으니 빠른 세월을 실감하지 않을 수 없다. 이곳에서 고교 동창을 만나 2년 6개월 동안 근무하면서 외롭지 않게 지낼 수 있었다. 연락이 닿은 친구가 차를 가지고 나와 익산역에서 출발하여 백제 유적지를 우선 둘러보았다. 유네스코 세계 문화유산으로 등재된 미륵사지와 왕궁리 유적지에 이르러 1,400년 전의 백제의 향기를 맡게 해 주었다.

패망한 삼국시대의 나라인 백제는 별로 유적지가 알려지지 않은 편이었는데 이런 시골 마을에서 대단한 장소와 맞닥뜨렸다. 불교가 국교이던 삼국시대에 나라마다 사찰을 크게 지어 통치이념으로 활용코자 했을 것이다. 그중에도 백제의 미륵사지는 광활한 터에 최대규모의 사찰을 자랑한다. 이곳의 상징적인 불탑인 동탑과 서탑은 석재로 쌓여졌고 가운데는 목탑으로 이루어져 이것은 백제 사찰 배치의 정수로 여겨진다. 이후에 이러한 건축 양식이 일본 아스카 시대의 사찰 건축에 영향을 미쳤다고 한다. 서탑은 말끔하게 원형이 복원돼 모습을 드러내고 있지만 동탑은 아직도 복원 중인 듯하다. 탑에서 발견된 부처님 사리와 토기, 금동향로, 금동 신발, 사리 담는 용기, 사리봉영기 등이 국립 익산 박물관에 진열돼 있다. 무엇보다 사리를 담는 항아리 속에 미륵사를 짓고 탑을 세운 내용을 담은 기록물인 사리봉영기가 발견됨으로 새로운 사실이 밝혀졌다. 미륵사지는 백제 귀족 가문 출신의 왕비가 세운 것이 확실해지면서 선화공주의 존재가 크게 흔들린다고 한다. 부처님의 사리는 한정돼 있을 텐데 어떻게 국내외 유명사찰마다 모셔져 있는지 궁금했다. 해설사의 설명에 따르면 아주 작은 진짜 사리가 한 개 정도 모셔져 있고 나머지는 자수정 알맹이로 채워져 있다고 한다.

백제의 첫 수도인 공주 공산성, 무령왕릉과 왕릉원, 그리고 두 번째 수도인 부여 관북리 유적과 부소산성, 왕릉원, 정림사지, 나성으로만 구성된 줄 알려지고 그동안 소외됐던 마지막 수도인 익산 왕궁리 유적지, 미륵사지가 제대로 빛을 보게 되었다. 마침내 세 곳이 백제역사유적지구로 인정받아 2015년

세계유산에 등재되었다. 익산역사 유적지의 주역인 백제 무왕
(제30대)은 신분을 뛰어넘는 고대 로맨스로 알려진 결혼 이야
기가 흥미롭다. 무왕은 산에서 마를 캐며 살던 가난한 청년이
었지만 총명하고 야망이 컸다. 신라 진평왕의 딸인 선화공주
의 미모와 명성을 듣고 그녀와 결혼하기 위한 전략으로 서동
요薯童謠를 지어 동네 아이들에게 가르쳐 골목마다 다니며 부
르게 하여 궁궐에까지 퍼뜨렸다. 그리고 밤마다 선화공주를
몰래 찾아갔다. 결국 왕은 창피하다고 선화공주를 궁에서 쫓
아냈는데 길에서 서동을 만나 둘의 꿈이 이루어져 백제로 돌
아왔다고 한다. 무왕은 말하자면 당시에 국제결혼을 했고 백
제의 마지막 임금인 31대 의자왕의 부친이시다.

　백제의 부흥을 꿈꾸었던 무왕은 익산에 절을 짓고 왕궁을
세웠다. 선화 왕비가 불심이 돈독했는지 왕에게 미륵사를 지
어 달라고 했다는 설화가 있다. 미륵삼존불을 모시는 대사찰
이 지어졌고 사원 뒤편에 미륵산이 자리하고 있다. 무왕은 엄
청난 규모의 왕궁을 건축하였지만 지금은 폐허가 된 왕궁리
유적지만 남아 있다. 1989년부터 발굴 조사한 결과는 이곳에
왕궁을 조성하고 얼마나 머물렀는지 정확히 알 수 없지만 말
년에 다시 부여 사비성으로 돌아갔다고 전해진다. 왕궁 입구
에 5층 석탑이 세워진 것으로 보아 이곳의 용도가 이후에 사
찰로 사용되었을 가능성이 크다고 한다. 이 부근에서 무왕과

선화공주의 쌍릉이 발굴되고 관 뚜껑에 목재가 사용된 흔적이 눈에 띄었다. 이것을 분석한 결과에서 일본의 소나무 품종이 확실한 것으로 백제와 일본의 교류가 활발했다는 증거라고한다. 기와나 도자기 파편도 중국과 비슷한 점으로 영향을 받지 않았나 추측하여 동아시아 고대 왕국들 사이에 상호 교류역사를 잘 보여준다고 한다.

백제 왕궁은 직사각형 모양의 궁궐터로 견고한 담장으로둘러싸여 요새처럼 지어졌다.왕궁 건축에 필요한 자재나 도구,금과 유리 등을 생산하는 공방이 한쪽에 마련 돼 있었다. 여러 분야에서 전문 기술을 가진 장인을 가리켜 박사라고 불렀다 하니 그들의 자긍심도 대단했을 것으로 여겨진다. 왕궁의생활문화를 엿볼 수 있는 화장실이 눈길을 끈다. 대소변을 받아낼 수 있는 변기나 도가니 등이 정교하게 제작되었다. 무엇보다 당시엔 화장지가 없으니 나무로 만든 젓가락 모양의 밑씻개가 비치돼 있었다. 일회용이 아니라 사용후 에 물로 씻어 다시 재사용하는 구조였다. 일본에도 이와 똑같은 화장실 비품이 발견된다고 하니 아마 백제에서 전해진 것이 아닐까 싶다.우리나라가 세계 제일의 화장실 문화를 자랑하는데 모두 이런 선조들의 DNA가 있었지 싶다. 경주 불국사에 세워진 석가탑도 백제 장인들이 건너가 기술을 전수했다는 걸 보면 그들의 솜씨가 정말 뛰어나다는 걸 알 수 있다.

무왕의 뒤를 이은 의자왕이 왕권 초기엔 신라를 여러 차례 공격하고 대야성을 함락하는 등 전과를 올렸지만 너무 지나친 탓에 김춘추의 미움을 사야 했다. 그의 사위가 죽임을 당하자 원수를 갚기 위해 당나라와 연합하여 침략함으로 막지 못하고 결국 멸망의 길을 걸었다. 러브스토리의 주인공인 서동과 선화공주를 그려 보며 상념에 잠겨 왕궁터를 돌아 나올 때 5층 석탑을 비껴가는 석양이 인간 역사의 덧없는 부침을 알라고 한다.

청령포, 그 비운의 넋

요즘 설날을 맞이한 극장가는 모처럼 사극 바람이 부는지 엄청난 관객들을 불러 모으고 있다. 영월의 이름난 관광지인 동강이 굽이쳐 흐르는 청령포에 단종의 유배지가 자리하고 있다. 몇 년 전에 다녀온 기억으로 강을 건널 수 있는 장치로 쇠줄을 연결한 배를 타고 가면 노산군이 마지막을 보냈던 거처가 한 채 보였다. 천혜의 귀양지로 여겨질 만큼 깎아지른 산세가 뒤쪽에 있고 앞으로 동강이 가로막고 있으니 거의 빠져나갈 엄두가 나지 않는 곳이었다. 가지가 아래쪽으로 휘어진 소나무 한 그루가 높이 솟아 전망대 같은 역할을 하는지 노산군이 한양의 궁궐을 바라보며 그리움을 달래기 위해 걸터앉았다고 한다.

영화에서도 그 장면이 나오지만 노산군이 울화통을 못 이겨 절벽 바위 아래로 뛰어내려 강물에 투신코자 하는 위기의 순간을 보여준다. 만약 그때 어린 왕이 그렇게 자살을 했다면 부도덕한 수양대군의 왕위 찬탈 행위가 더욱 부각 되고 민심이 폭발하지 않았을까. 결국 17세라는 꽃다운 나이에 영월 호장인 엄흥도(유해진 분)가 사약을 거부한 노산군의 명을 받아 최후를 담당한다. 왕이 쓰던 사냥용 활줄로 목을 매어 잡아 당기는 것으로 숨이 끊어지는 비참한 모습을 겪게 된다. 왕의 사체는 동강에 버려졌고 누구도 그것을 수습하는 자에겐 삼족이 멸한다는 처벌을 예고했다. 그럼에도 엄흥도는 밤중에 몰래 시체를 훔쳐 야산에 가매장한다. 영화에선 낮 동안에 이루어진 일로 묘사한다. 자신의 목숨을 걸어야 하는 위험천만한 상황이지만 '의로운 일을 하다가 죽는 일은 하나도 두렵지 않다'라고 말한 것으로 전해진다. 이런 충절을 기려 241년이 지난 숙종 때 공로를 인정받아 엄흥도는 단종을 모신 왕릉(장릉)에 함께 모셔지는 충의공 가문의 영광을 누렸다.

청령포가 얼마나 숲이 빽빽하고 험난한 지역인지 영화에선 호랑이가 출몰하는 곳으로 보여준다. 노산군이 나약한 군주가 아니라 활쏘기 같은 무예도 익혔는지 위기에 처한 마을 사람들을 호랑이가 습격해 오는 때 화살로 명중시켜 쓰러뜨린다. 밥맛을 잃은 왕에게 엄흥도를 비롯한 마을 사람들이 정성을 다해 반찬을 마련하고 하얀 쌀밥을 지어 올린다. 강에서 잡은 다슬기와 물고기, 산에서 캔 더덕 등 왕의 입맛을 찾게 한다. 외로움과 분노 속에 우울하던 노산군도 차츰차츰 마음의 문을 열고 마을 주민들과 가까워진다. 엄흥도의 아들은 좋은 스승을 만나 공부하게 되고 유일한 지식인으로 동네 아이들을 가르치는 일도 하게 된다. 이처럼 엄흥도와 마을 주민들은 왕과 우정도 싹트고 활기찬 분위기로 바뀐다. 산골 오지 마을에서 호장으로 일하는 엄흥도는 이웃 노루골에서 중앙의 지체 높은 고관이 귀양 오면 주민들이 덕을 본다는 사실을 알게 된다. 그는 자신이 사는 동네도 활발해지기를 기대하며 이곳이 최적의 유배지임을 홍보하여 한 사람이라도 귀양 오게 될 고관을 유치코자 노력한 결과로 노산군을 맞이하게 된다. 그러나 기대와 다르게 어린애 같은 사람이 오게 돼 크게 실망한 것으로 영화 내용이 전개된다. 실제로 당파싸움에서 밀리거나 역적 모함을 받아 오지로 귀양살이 오는 고관 나으리 덕분에 주민들은 혜택을 보는 사례가 발견된다. 대표적인 경우가 조선 22대 정조 시대에 강진으로 유배당한 정약용과 정약전 형제가 아닐까 싶다. 정약용은 그곳에서 많은 제자들을 길러냈고 본인의 저술 활동에도 물심양면으로 많은 도움을 받았다.

정약전도 흑산도로 유배되어 '자산어보'라는 물고기 백과사전을 저술하고 과거에 급제하는 제자도 길러냈다.

청령포는 이름만 불러도 어쩐지 동강의 물소리와 함께 서글픔이 느껴진다. 단종의 최후를 알리는 금부도사로 임명된 왕방연이 사약을 전한 뒤 오죽하면 이런 시를 읊었다.

천만리 머나먼 길에 고운 님 여의옵고
내 마음 둘 데 없어 냇가에 앉았으니
저 물도 내 안 같아야 울어 밤길 예놋다.

그는 어린 임금의 비극적인 죽음을 목도한 뒤 한편의 시에 깊은 슬픔과 회한을 담아냈다. 순흥에 귀양 가 있던 금성대군이 마지막으로 단종 복위 운동을 시도했지만 결국 한명회 일당에게 발각되어 역적모의로 처단되고 만다. 영화의 첫 장면도 단종 복위 운동을 꾀하다가 일망타진 돼 처참한 고문을 당한 채 절규하는 성삼문을 비롯한 사육신이 등장한다. 계유정란으로 세조는 얼마나 많은 충신과 형제를 죽였는지 피비린내가 진동했다. 오죽하면 그는 형수(현덕왕후,단종의 어머니)가 꿈에 나타나 얼굴에 침을 뱉는 수치를 당하고 실제로 피부병이 생겨 고생이 무척 심했다고 전해진다.

남양주시 금곡에 있는 사릉에 가면 정순왕후의 외로운 봉분을 만날 수 있다. 양지바른 겨울 햇살을 맞으며 남향 언덕 배기에 자리 잡은 무덤이 세월의 무상함을 말해 주는 듯하다. 15세에 만난 지아비가 갑자기 영월로 유배당한 영화가 장안의 화제가 되는데도 무심한 침묵 속에 고요한 슬픔을 아직도 삭이고 있는 것일까. 서울 종로구 숭인동에 있었던 왕실 불교 사찰인 정업원淨業院에서 청령포의 임을 기리며 60여 년동안 홀로 지낸 비운의 왕비가 아닐 수 없다. 당장 죽고 싶어도 언젠가 임을 다시 볼 날을 기다리며 81세에 눈을 감았지만 죽어서도 부부가 한 곳에 합장되지 못하고 멀리 떨어져 지내니 안타까운 생각이 든다.

인간의 권력 추구가 얼마나 잔인하며 덧없음을 말해 주지만 여전히 깨닫지 못하고 21세기에도 이러한 역사는 반복되고 있으니 어찌된 셈일까.

나의 뿌리를 찾아서 - 함평

해마다 추석 명절이 오면 사람들은 고향을 찾는다. 고생길을 마다하지 않고 즐겁고 설레는 마음으로 고향의 정을 느끼고 싶어 한다. 시대의 흐름으로 세태가 바뀌어 이제 해외여행을 떠나는 가족들로 공항은 초만원을 이룬다. 우리의 전통적인 미풍양속도 퇴색되고 점점 희미해져 가는 것도 어쩔 수 없다.

지난 5.18의 아픈 역사를 생각나게 하는 망월동 묘소에서 부모님과 바로 윗형의 성묘를 마쳤다. 8남매중 이제 5남매끼리 함께 성묘를 하는 것도 나이가 들어가니 모두 쉽지가 않은 듯하다. 그런 탓에 매년 꼬박꼬박 성묘는 하지 못하고 띄엄띄엄 여건 닿는대로 하기로 했다. 다른 형제는 집으로 돌아가고 서울에서 온 나는 홀로 청소년 시절을 보낸 그리운 함평에 발길을 하기로 1박2일 코스를 택했다. 어려선 고향으로 여기고 그럭저럭 살았지만 세월이 흘러 찾아오니 눈에 띠게 발전한 것 같지도 않고 초라해 보인다. 더구나 금년 여름의 집중 호우로 수재를 당한 지역이다 보니 도로가 움푹움푹 패이고 산사태도 일어나 아직 복구되지 않은 상태였다. 이곳에서 초등학교와 중학교를 마칠 때까지 삶의 뿌리가 닿아 있던 곳을 함평 버스터미널에서 옛집의 기억을 찾아 천천히 걷는다. 사거리에서 장터를 지나 천변 길을 따라 댐에 막힌 영수정에 닿는다. 이곳 팔각정에서 바라본 강물은 내게 말을 건넨다. 초등학교 시절 동네 아이들과 멱감으러 와서 깊은 물에 빠져 하마터면 익사할 뻔했는데 누가 구해줬는지 생각도 안 난다.

무엇보다 수문 근처에 아직도 몸통을 담근 채 의젓하게 버티고 있는 노거수가 반갑기 짝이 없다. 그림자를 강물에 드리우고 한 폭의 그림처럼 풍경을 빚고 있는 고향의 종갓집 대감처럼 여겨진다. 기산 영수정을 끼고 공원이 자리하고 있어 올라가 본다. 입구에서부터 작은 공원 전체를 빨갛게 물들이고 있는 꽃무릇이 탄성을 지르게 한다. 잎과 꽃이 영원히 만나지 못하고 따로따로 헤어져 지내는 숙명을 안고 얼마나 안타까우랴 싶다. 함평 군내 백일장이 열릴 때 초등학교 대표로 나가 글짓기에 참여하던 추억이 입가에 미소를 짓게 한다. 결국 나는 그런 과정을 거쳐 작가라는 칭호를 달고 지금까지 인생 후반부를 보람있게 건너 가고 있는 중이다. 공원의 산책로에 세워진 대원군의 척화비가 아직도 비문이 또렷하게 새겨져 글씨를 알아보게 한다.

읍사무소와 경찰서를 지나 낮익은 골목길에 들어서면 옛집에 이르는 길이다. 그런데 그 시절의 정겨운 골목 풍경은 사라지고 양로원 건물이 크게 들어서고 아스팔트 포장 도로로 바뀐 넓은 길을 걷게 된다. 돌담 너머 담장 집이었던 옛집은 도로 확장 사업으로 흔적도 없이 사라져 버렸다. 이웃집에 살던 그분들은 다 어디로 갔을까 싶어 주위를 두리번거리며 아쉬움을 달랬다. 다행히 골목길 초입에 있던 마당 넓은 기와집이 눈에 띄었다. 그 당시에 수돗물은커녕 우물있는 집도 귀하던 때였는데 이 집의 주인댁 호의로 마당 가운데 있던 우물을 길어 갈 수 있도록 허용해 주었다. 식구가 많았던 우리집은 이 집에서 물지게를 지고 부엌에 있는 큰 항아리에 물을 채워 놓는 일이 가장 큰 부담이었다. 이 집의 딸이 내 여동생과 친구인 탓에 더욱 소식이 궁금했다. 마침 대문 앞 청소를 하던 노인네가 있어 혹시나 안부를 물었더니 금방 알아 보고 대답해 주었다. 자신이 바로 여동생 친구의 오라버니 되는 분이라고 해 무척 반가웠다. 그는 5대째 이 집을 지키고 살아가는 터줏대감이었다. 나의 부친이 교장 선생님이란 것도 알고 이웃집 누구누구네 동네 역사를 훤히 꿰고 있었다. 이렇듯 나의 아버님도 동네 유지에 들어가시는 분이었지만 왜 그리 가난하게 살았는지 모를 일이다.

우리집 골목길은 신주소로 바뀌기 전에 대사동大寺洞이라 불리울 만큼 백제 시대엔 큰 절이 있었다고 전해진다. 우리집 골목길(현재 한재골 길)의 끝 지점에 있는 언덕빼기 산자락에 보광사라는 절은 비구니 스님들의 도장이었다. 초파일이 되면 어렸을 적 기억에 골목길을 지나 절로 모여드는 인파가 북적거려 축제 기분이 나곤 했다. 절 마당에 들어서니 적막감이 흐르는 듯 발길이 조심스러웠는데 마당에서 일을 하고 있던 여승 한 분이 나를 친절하게 맞아 주었다. 대화를 나누다 보니 나와 동갑내기 여승으로 활달하고 열린 마음으로 편하게 대할 수 있었다. 스님은 고교 졸업후 바로 출가하여 현재까지 50여 년 이상을 절간 생활을 했다. 출가하여 후회되거나 깨닫게 된 진리를 조심스레 여쭈어봤더니 서슴없이 말씀하신다. 후회는 않지만 꽃다운 청춘의 한때나마 연애도 해 보고 낭만을 즐기지 못한 점은 조금 그렇다 하고 모든 것은 마음에 달려 있다(일체유심조一切唯心造)라고 하며 평상심을 언제나 유지하면 그만이라고 했다. 공양을 못 해 드려 미안하다고 하며 스님은 다음에 오실 땐 이곳에서 주무시고 편히 쉬어가도 된다고 했다. 동갑내기 노스님을 포옹하며 나는 아쉬운 작별 인사를 드렸다.

시골 중학교를 다니며 어떻게 내가 도시의 명문고에 합격할 수 있는 영광을 얻었는지 아무래도 꿈만 같다. 불우하게 세상을 떠난 셋째 형과 최근에 별세한 형님이 아니었더라면 나는 공부에 열중할 수 있는 여건이 못 되었다. 어려운 집안 형편을 돕느라 산에 가서 나무도 해와야 하고 물 긷는 일도 만만치 않았다. 그런 일을 두 형님이 대신해 주었고 덕분에 나는 비교적 시간을 벌어 공부에 열중할 수 있었다. 둘째 형이 군청에 취직돼 가계에 도움을 주었기에 5·16 쿠데타로 교장직에서 강제 퇴임한 아버지를 한시름 덜게 했다. 맏형은 함평농고를 졸업하고 도시에 있는 지방대학 약대에 합격한 수재였지만 등록금 사정으로 학업을 잇지 못한 채 상경하여 라디오 수리 기술을 배우겠다고 했다. 그런데 4.19 혁명이 터지고 시국이 어지러워 아버지의 간청으로 다시 시골집에 머물던 중 고교 선배의 조언으로 다시 대학에 수학과로 전과하여 학업을 계속했다. 간신히 대학을 졸업 후 형님은 고등학교 수학 교사로 취직이 되는 시점에 나도 무사히 학비 문제를 해결하여 고교 졸업을 할 수 있었다. 결혼도 형님의 소개로 이웃 동네인 함평 총각과 무안 처녀가 만나 지금까지 행복한 가정을 이룰 수 있었다.

이 세상 사는 일은 혼자 잘 나서 그리된 줄 알지만 음으로 양으로 돕는 손길이 있어 현재의 자리에 이를 수 있었다고 여긴다. 이제 나비 축제로 유명해진 함평을 떠나 기차를 타고 상경하며 누렇게 익어가는 황금 들녘을 바라보며 개구리 올챙이 적 생각을 잊지 않고 살아야겠다는 생각으로 다시 한번 벼 이삭처럼 고갤 숙인다.